텀블러 장편소설

FUSION FANTASTIC STORY

현대 천마록 3

텀블러 장편소설

초판 1쇄 찍은 날 § 2016년 8월 26일
초판 1쇄 펴낸 날 § 2016년 9월 2일

지은이 § 텀블러
펴낸이 § 서경석

편집책임 § 최지원

펴낸곳 § 도서출판 청어람
등록번호 § 제387-1999-000006호
등록일자 § 1999. 5. 31
어람번호 § 제1-2514호

주소 § 경기도 부천시 원미구 부일로 483번길 40 서경B/D 3F (우) 14640
전화 § 032-656-4452 팩스 § 032-656-4453
http://www.chungeoram.com
E-mail §chungeorambook@daum.net

ISBN 979-11-04-90947-4 04810
ISBN 979-11-04-90912-2 (세트)

텀블러 장편소설

FUSION FANTASTIC STORY

현대 천마록 3

도서출판 청어람

차례

C O N T E N T S

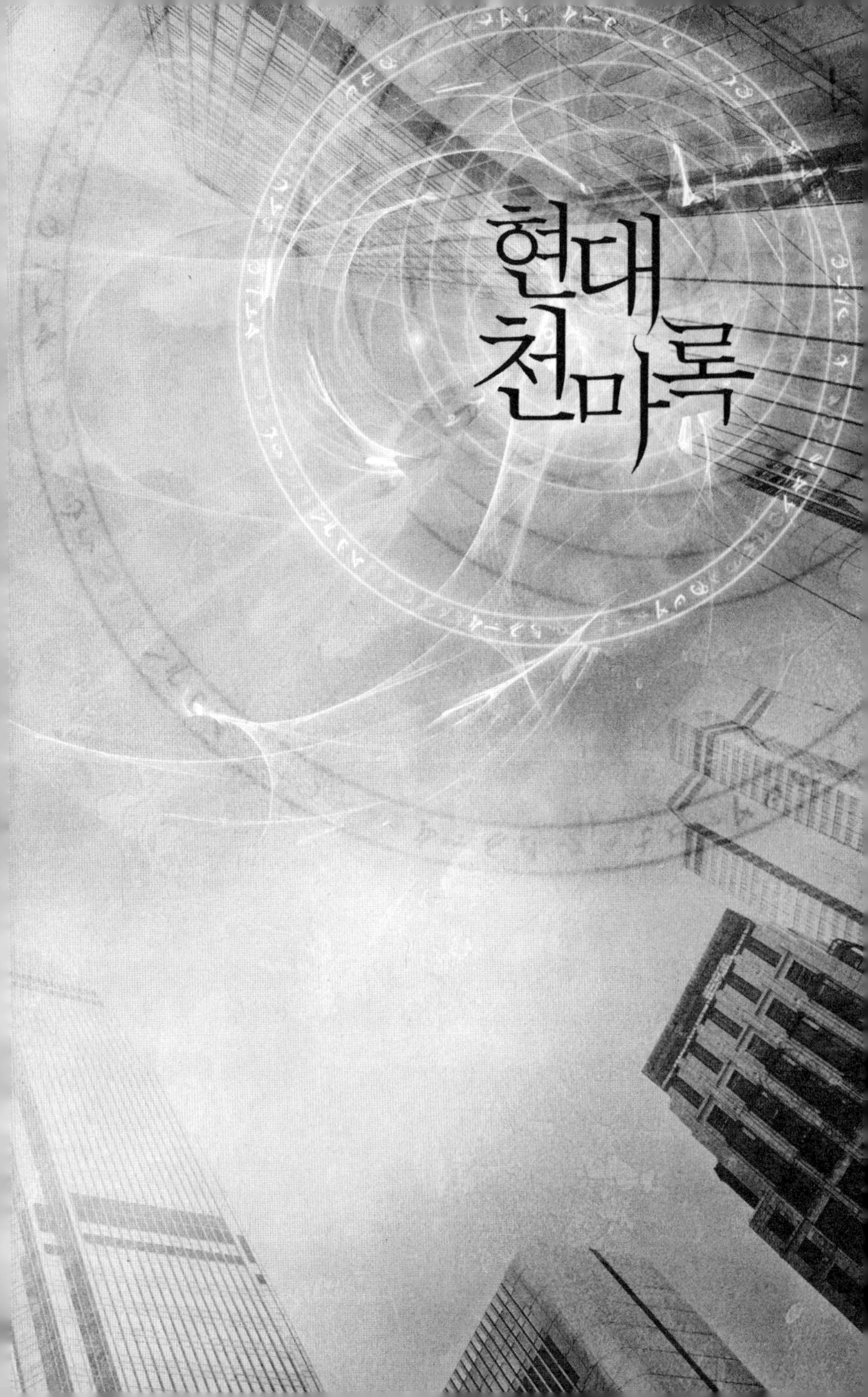
현대
천마록

제1장

위기일발

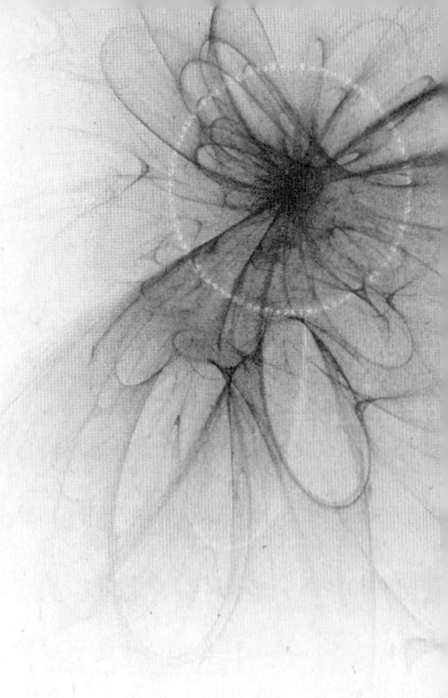

여름의 늦은 밤, 여전히 장맛비가 전국을 휩쓸고 있다.

집권 여당 '정직한당'의 대표인 기시현이 대두시킨 현직 대통령의 탄핵안이 전국으로 퍼져 나가면서 한차례 파장이 일었다.

이에 청와대는 공영방송인 KBC를 통하여 대통령의 입장을 밝히고 국민과의 화합을 도모하기 위한 담화를 갖기로 했다.

KBC 내에 위치한 VIP 대기실에 앉은 한명희의 곁으로 비서실장과 국정 수석이 다가왔다.

"각하, 이런 담화로 기시현 대표의 기를 꺾을 수 있을까요?"

"어차피 정치는 쇼입니다. 누가 더 쇼를 잘하느냐가 관건이죠. 하지만 그것보다 더 중요한 것이 있습니다."

"……?"

"바로 정직한 이미지와 말발, 국민의 신뢰입니다. 저는 국민의 신뢰로 대통령에 올랐습니다만, 지금은 그 신뢰를 다소 잃어버린 상태지요. 결국 제가 탄핵안에서 한 발자국 물러날 수 있는 방법은 초심으로 돌아가 국민과 어울리는 겁니다. 물론 그 안에 조금의 조미료는 필요하겠지요."

"하지만 지금 이 상황을 말발로 해결할 수 있을지 의문입니다. 차라리 야당을 움직여서 기시현 대표를 압박하는 편이 낫지 않겠습니까? 정직한당의 세력이 한풀 꺾인다고 해도 우리로선 나쁠 것 없는 장사입니다."

"야당에게 줄을 대는 것보다는 내 방식으로 정면 돌파하는 것이 좋아요."

"흐음……."

잠시 후, KBC의 간판 앵커이자 담화의 MC를 맡은 최범수가 대기실로 들어왔다.

"대통령님, 이제 곧 방송을 시작할 겁니다. 함께 나가시죠."

"이런, 최 앵커가 직접 마중을 다 나와 주시다니, 영광입니다."

"저야말로 영광이지요."

최범수는 보수정당의 대표 주자이던 한명희가 돌연 민생 중심, 안정적인 경제 성장을 목표로 하는 중립 주의자로 변모하였음에 상당한 호감을 가지고 있었다.

그러나 국민은 현재 한명희의 정치를 '물 타기'라고 표현하고 있다.

그는 원래 보수정당의 대표적인 인물로 항상 거론되던 사람인데, 최근에 대통령으로 당선되면서 진보주의를 받아들이고 수정자본주의를 표방하게 되었다.

한명희는 이제 더 이상 한국은 분열되지 않는, 아주 견고한 하나의 뿌리로서 앞으로 쭉 뻗어나가게끔 정치적 기반을 다지려는 것이다.

하지만 문제는 한국은 아주 오래전부터 동과 서로, 여와 야로 나뉘어 끝도 없는 당파 싸움을 펼치고 있다는 것이다.

더군다나 좌, 우파의 정치적 성향에 지역감정까지 더해지니 이념 싸움의 정도를 넘어서 파국으로 치닫는 경우가 태반이었다.

이런 한국의 정치판 중간에 끼어버린 한명희는 우파에게는 빨갱이, 좌파에겐 매국노라고 손가락질을 받았다.

하지만 최범수는 한명희가 욕을 먹는 것은 한국이 정치적 과도기에 있기 때문이라고 생각했다.

그는 한국의 당파 싸움과 지역감정 등이 사라지는 날, 한명희의 이러한 노력이 박수를 받을 것이라고 확신했다.

그는 평소에 흠모하던 한명희를 만났음에 우물쭈물하며 책을 한 권 꺼냈다.

"저……."

"으음? 이건 제가 쓴 책 아닙니까?"

"예, 그렇습니다. 서울 대학들을 돌아다니면서 강연한 내용을 엮어서 만드셨지요. 저는 이 책이 너무나도 마음에 듭니다. 그런데 오늘 그 저자를 만났으니 사인 한 장 못 받으면 평생 후회가 될 것 같군요."

"하하, 그래요? 그럼 안 되지요."

한명희는 볼펜으로 정성스럽게 사인을 하고 그 아래에 짧은 덕담도 잊지 않고 적었다.

어찌 생각해 보면 별것도 아닌 사인이지만 최범수는 기쁘기 그지없는 표정이다.

"감사합니다! 정말 감사합니다!"

"별말씀을요."

"저……."

"……?"

"괜찮다면 함께 사진도 한 장……."

"아하하, 그럽시다!"

최범수는 조심스레 핸드폰 카메라를 꺼내 들고 빳빳하게

섰다.

“그, 그럼 찍습니다!”

“잠깐, 이렇게 뻣뻣하게 찍는 것은 군대에서나 하는 것 아닙니까?”

한명희는 그의 어깨에 손을 턱하니 올리고 아주 자연스럽게 웃었다.

“이제 찍으시죠.”

“예, 그럼 찍겠습니다!”

두 사람은 더없이 환한 얼굴로 사진을 찍었다.

찰칵!

한명희가 자신의 팬에게 아주 열심히 화답하고 있는 도중, 그의 앞으로 한 젊은이가 다가왔다.

그는 한명희의 곁으로 다가오더니 흰색 종이를 건넸다.

“대통령님?”

“젊은 청년이 이곳까진 어쩐 일이죠?”

“저도 사인을 받고 싶어서 왔습니다.”

“좋습니다.”

“이 펜으로 사인해 주십시오.”

종이를 건넨 청년이 잇따라 볼펜을 건네는 척하며 뚜껑을 열더니 한명희를 향해 무언가를 뿌렸다.

좌악!

"으윽!"

"가, 각하!"

"크하하하! 가소로운 밴댕이 소갈딱지야! 그렇게 살아서 나중에 자식들에게 부끄럽지 않겠냐?! 정치 똑바로 해라!"

"…그런데 저 자식이?!"

비서실장 안영진이 청년을 제압하려 했으나 한명희가 그를 만류했다.

"됐습니다. 다친 사람이 없다면 그냥 넘어갑시다."

"가, 각하, 하지만……."

"괜찮아요. 대국민 담화가 열리는 날에 사람을 제압해서 붙잡으면 되겠습니까?"

한명희는 최범수에게 양해를 구했다.

"제가 옷을 버려서 그런데 깨끗한 옷을 좀 빌릴 수 있을까요?"

"이런, 갑자기 이게 무슨……."

"만약 무리가 있다면 이대로 들어가겠습니다."

최범수는 그를 가만히 바라보더니 이내 과감한 선택을 한다.

"잠시 이쪽으로 오시죠."

"예, 알겠습니다."

한명희는 최범수를 따라서 KBC 의상실로 들어섰다.

이곳에는 각종 의상이 걸려 있었지만, 협찬한 옷이 아니면 대부분 무대용 의상이었다.

최범수는 그중에서 방송국 직속 하청 업체에서 가지고 온 옷 몇 벌을 꺼냈다.

그가 가지고 온 옷은 영세한 아이돌을 지원하기 위해 만들어진 것인데, 흰색 반팔 티셔츠에 약간 달라붙는 청바지였다.

"이걸 입으시지요."

"처, 청바지를?"

"저는 대통령께서 양복을 버린 것이 오히려 잘되었다고 생각합니다. 이건 어쩌면 이미지 탈피를 위한 신의 한 수가 될 수도 있어요."

최범수는 자신이 입고 있던 정장 상의를 벗고 와이셔츠를 걷어붙였다.

"MC인 제가 솔선수범하겠습니다."

"하하, 좋습니다. 사회자의 의중을 따르겠습니다."

국정 수석이 노발대발하며 그를 말렸다.

"아, 안 됩니다! 청와대의 이미지가……."

"괜찮아요. 내가 책임집니다."

한명희는 그 자리에서 옷을 갈아입고 소품으로 구비되어 있는 패션 팔찌도 몇 개 착용했다.

그는 대통령 배지와 사랑의 열매를 그곳에 달았다.

"어때요?"

"오오, 좋군요!"

국정 수석 정필관은 죽을상을 하고 있었지만 비서실장 안영진은 배시시 미소를 지었다.

"잘 어울리십니다. 역시 센스가 있으시군요."

"하하, 그래요?"

"…센스는 무슨."

정필관은 한껏 토라져 의상실 문을 열었다.

철컥!

"가시죠."

"정 수석?"

"…시간 없습니다."

얼굴과 머리를 깨끗이 씻은 후 곧바로 방송 세트장으로 향하는 한명희다.

*　　*　　*

같은 시각, 기시현은 생방송으로 펼쳐지는 대국민 담화를 집에서 TV로 시청하고 있었다.

그는 아까부터 뭐가 그리 웃긴지 실실거리며 TV를 바라보고 있었다.

"큭큭큭, 이제 곧 재미있는 구경거리가 생길 거야."

"…당신, 왜 그렇게 방정맞게 웃어요?"

"그런 일이 좀 있어."

기시현의 아내는 쟁반에 놓인 과일을 깎다 말고 연신 고개를 가로저었다.

"어쩜 사람이 가면 갈수록 저렇게 실없어지는지 모르겠군요."

"정말이야. 분명 재미있을 거야."

잠시 후, 대국민 담화가 시작되었다.

—국민 여러분, 안녕하십니까? KBC 대국민 담화 MC 최범수입니다.

—MC 지영희입니다.

—오랫동안 기다리셨습니다. 오늘 여러분이 투표하고 여러분이 직접 뽑은 대통령께서 자리에 나오실 겁니다. 대통령께서 나오실 때 큰 박수 부탁드립니다.

짝짝짝짝!

사회자의 소개를 받고 한명희가 나올 차례가 되자, 기시현이 몸을 앞으로 바짝 당겼다.

"국정 수석이 고생 좀 하겠군."

"……?"

그는 흥미진진한 표정으로 TV를 바라보았다. 하지만 그의 표정은 이내 일그러지고 말았다.

먹물 범벅이 되어 청와대로 되돌아갔어야 할 대통령이 떡하니 방송에 모습을 보인 것이다.

―안녕하십니까? 대통령 한명희입니다. 반갑습니다.

짝짝짝짝!

최범수와 함께 사회를 맡은 지영희가 한명희를 바라보며 물었다.

―대통령께선 오늘 딱딱한 정장 대신에 청바지에 티셔츠를 입고 나오셨군요. 뭔가 뜻이 있나요?

―그리 큰 뜻이 있는 것은 아닙니다. 공식적인 일정이긴 해도 지금만큼은 대통령이 아니라 사람 한명희로서 담화에 임하고 싶었을 뿐입니다. 만약 결례가 되었다면 사과드리겠습니다.

―아니요, 저는 오히려 좋은데요? 여러분은 어떠세요?

사회자의 물음에 방청객은 긍정적인 반응을 보이는 것 같았다.

그 와중에 부정적인 반응을 보인 사람들이 있었는데, 그들 중 한 명이 손가락으로 페인트가 묻은 한명희의 팔뚝과 목덜미를 가리키며 물었다.

―대통령께서는 연탄이라도 옮기다가 오신 모양이군요. 일당은 얼마나 받으셨으려나?

—큭큭큭!

한명희는 그의 조롱에 아주 재치 있게 대답했다.

—기다리는 동안 심심하여 연탄 나눔 봉사를 함께하고 왔습니다. 영광의 훈장 같은 것이지요. 어때요? 잘 어울립니까?

—좀 더러운 것 같은데요?

—보는 관점에 따라 다르겠지요. 누군가 볼 때엔 패션이고 누군가가 볼 때엔 오물일 겁니다. 여러분은 어떠신지 모르겠군요.

한명희에게 한 방 먹은 청년은 입을 다물었다.

기시현은 실망이 역력한 표정을 지었다.

"김샜군. 제기랄, 일을 뭐 저렇게 처리하는지 모르겠네."

"일이요?"

"아니야, 아무것도."

신뢰도를 떨어뜨리고 망신도 주려고 계획한 일이 수포로 돌아가니 힘이 다 빠지는 것 같은 기시현이다.

그는 며칠 후에 있을 탄핵안 발의에 대한 국정 질의 심사와 대통령 질의 심사를 준비하기로 한다.

"일이나 해야겠군."

"더 안 봐요?"

"관심 없어."

그녀는 고개를 가로저었다.

"하여간 독특한 양반이야."

과일을 앞에 둔 그녀는 혼자 계속해서 TV에 집중했다.

* * *

대전 신탄진 공장 단지 안.

이곳에는 화수가 이끄는 야차 부대의 또 다른 이름인 자운 화학의 야적창고와 가공물 저장 창고가 위치해 있다.

그는 텅텅 비어버린 창고를 바라보며 한숨을 푹 내쉬었다.

"휴우, 아주 싹 털어갔군. 정말 털 한 올도 남기지 않았네."

"이렇게 깔끔하게 마무리했다는 것은 놈들이 전문가라는 소리입니다."

"흐음……."

김예린 대위는 어쩌면 이번 사건이 기시현과 관련이 있지 않을까 하는 소견을 냈다.

"이런 짓을 꾸밀 수 있는 사람은 얼마 없어요. 위에서 힘깨나 쓰는 사람 아니고서야……."

"아직 속단은 금물이다."

화수는 우선 이놈들이 어디서 왔는지부터 파악해 보았다.

"이런 전문가들을 어디서 구해왔을까?"

"사람 데리고 올 데야 천지에 널리고 널렸지요. 용병 시장도 있고 용역 깡패도 있고. 동대문 용병이 또 알아주지 않습니까?

"흐음……."

"아님 외국에서 데리고 온 것은 아닐까? 요즘 동남아에 가면 실력 좋은 히트맨과 청부업자 많아. 실제로 외국 용병 특수부대에 근무했거나 사설 수렵 업체에 근무한 사람이 꽤 있다는 보고서를 본 적이 있어."

최지하가 받은 보고서의 내용대로 최근 동남아의 용병들은 최상의 서비스와 신뢰를 제공하는 제1의 해결사로 떠오르고 있다.

만약 이렇게까지 큰일을 저지르고자 마음먹었다면 동남아에 줄을 댔을 수도 있었다.

하지만 동대문 용병 시장도 그에 못지않으니 염두에 두지 않을 수는 없다.

화수는 김예린에게 CCTV 탐문을 지시했다.

"김예린 대위는 지금 당장 기무사에 연락해서 경찰을 연결시켜 달라고 해. 평택이나 군산으로 가는 길목의 CCTV를 죄다 뒤지자고."

"예, 알겠습니다."

"그리고 최지하 상사, 자네는 지금 강하나 소위와 함께 공장단지 내의 모든 CCTV를 뒤지고 근방의 주민들을 수소문할 수 있도록."

"오케이!"

"나머지 인원은 동서남북의 톨게이트로 가서 대량의 차량 이동이 있었는지 알아본다."

"예, 대장님!"

"어서 움직이자. 시간이 별로 없어."

그는 사건에 대해 알아보기 위해 동대문으로 향했다.

* * *

세상에는 수많은 종류의 소문이 있다.

발 없는 말이 천 리를 간다는 속담이 있듯이 이 수많은 소문은 입에서 입을 타고 아주 빠르게 전해진다.

이 소문들이 일부 와전되면서 거짓이 눈덩이처럼 불어나긴 하지만 그래도 아니 땐 굴뚝에 연기 날 수는 없다.

화수는 지성준과 임희성을 데리고 동대문 뒷골목의 용역 시장을 찾았다.

그가 왜 하필 동대문 뒷골목의 용역 시장을 찾았느냐 하면 이곳은 사설 수렵꾼부터 살인 청부업자까지 없는 사람이 없기 때문이다.

대한민국 패션계의 대동맥이라고도 불리던 동대문은 한강

변을 타고 출현한 몬스터들로 인해 입은 피해가 이제 막 복구가 되려는 찰나였다.

동대문 시장이 무너지고 구 서대문 형무소 터에 새롭게 자리 잡은 패션, 잡화 시장은 전국 팔도를 서대문을 중심으로 새로운 세력권으로 묶었다.

이제 대한민국에서 패션의 기본이자 중심지를 꼽는다면 당연히 서대문 패션 상가를 얘기할 정도가 되었다.

하지만 정부는 동대문을 제2의 패션 단지로 만든다고 선언하였고, 이제 슬슬 그 불이 지펴지려는 중이다.

동대문이 무너지고 난 지 8년, 드디어 동대문이 다시 활기를 되찾고 있었다.

그러나 무려 8년이라는 시간 동안 무너져 있던 동대문의 상권은 새로운 국면을 맞이하고 있었다.

그것은 바로 '용병 시장'이었다.

동대문 용병 시장은 전 세계적으로도 알아주는 수준이었는데, 돼지 아빠 지성준은 이 동대문 용병 시장에서 꽤나 잘나가던 전문 수렵꾼이었다.

그는 가끔씩 일본과 미국 둥지를 돌아다니면서 돈을 받고 수렵을 대행했는데, 그 벌이가 꽤나 쏠쏠한 편이었다. 하지만 정부가 대한민국 국적을 가진 국민이 외국에서 수렵을 하고 그 물건을 한국으로 반입하는 것을 전면 금지시키고 나서부터는 벌이가 줄어들어 동대문 뒷골목에서 포주 짓이나 하는 신세가 되어버렸다.

화수는 이곳에서부터 소매상인 연합에 대하여 알아보기로 했다.

동대문 구 패션 상가 지하에서 용병 장사를 하는 지성준의 지인은 소매상인 연합에 대해서 이렇게 설명했다.

"지들 좋을 때만 뒷구멍 핥아주는 놈들이라고 할까?"

"아첨꾼들이군."

"우리가 처음 이곳에 터를 잡고 용병 시장을 건립하고 난 후에 강남과 영등포 등을 전부 다 청소하고 다녔어. 그것도 일반 사설 수렵꾼들의 일당 1/10도 안 되는 가격에 말이야. 정부에서 강남의 상권이 무너졌다고 다른 상권을 물색하니까 하이에나처럼 용병들을 데려다가 몬스터들을 쓸어버리고 그곳에 자리를 잡은 것이지."

한때 화수를 비롯한 대한민국의 크고 작은 수렵 부대들은 강남을 중심으로 광역 소탕 작전을 펼친 적이 있다.

일반인들의 앞에 나타났을 때 인명 피해를 발생시킬 수 있는 대형 몬스터들을 포대와 수렵 부대로 제압한 후 자생 환경까지 일부 처리하는 작업이었다.

이 과정이 있은 후에도 강남의 상권은 부활하지 못하고 점점 쇠퇴되고 있었기 때문에 정부는 아예 이곳을 포기할 수밖에 없었다.

정부가 포기한 곳을 되살린 사람들이 바로 몬스터 시신을 취급하는 소매상인 연합이었다.

그들은 막대한 자본금을 토대로 몬스터들을 직접 토벌하고 거기서 나온 시신으로 건물을 짓고 기반 시설을 다시 확충해 나갔다.

거의 신도시 하나를 다시 재건하다시피 하는 작업이기에 정부는 그들이 상권을 독과점한다고 해도 딱히 제재를 가하지도 못했다.

덕분에 그들은 강남의 상권을 틀어쥐고 대한민국 노른자위이던 심장부를 서서히 잠식해 나갔던 것이다.

용병 장사꾼 만월은 그들의 악질적인 횡포에 대해서 이렇게 설명했다.

"놈들은 상권을 틀어쥔 것만으로 만족하지 못했어. 아시다시피 몬스터의 시신은 공인 전문가밖에 취급할 수 없어. 그것을 악용해서 시세를 조작하고 자신들에게 유리한 쪽으로 시장을 몰아가고 있지. 아마도 그들이 사재기와 독과점으로 벌어들이는 수익만 몇천억 원에서 조 단위에 이를 거야."

"정부에선 그때까지 뭘한 거야?"

"알잖아? 애초에 정책을 그렇게 짜놔서 법안을 바꾸는 일이 쉽지가 않아. 일부 좌익 세력이 소매상인 연합 타파를 주도했지만 여당의 제재로 허무하게 끝나 버렸어. 이제 한국에서 저들을 제압한다는 것은 쉽지 않은 일이 되어버렸지."

"흐음."

그는 화수에게 한 가지 힌트를 제공했다.

"만약 놈들에 대해서 조금 더 심층적으로 알아보고 싶다면 이곳을 찾아가 봐."

만월은 화수에게 명함을 한 장 건넸다.

[캐시 앤 캐피탈]

그가 받은 명함은 요즘 최근 들어 한국 3금융권의 대표 주자로 각광받고 있는 C&C 캐피탈 그룹의 자회사 명함이었다.

"캐시 앤 캐피탈? 일수 회사 아니야?"

"맞아, 한때는 일수를 하러 돌아다니기도 했지. 하지만 지금은 가장 유명한 대부업체가 되었지. 항간에는 제2금융권을 뚫기 위해서 동분서주한다는 얘기도 있어."

"이놈들이 소매상인 연합과 무슨 상관이라는 건가?"

"자네, 이 서울 땅에 있는 상권이 깨지면서 날아간 돈이 얼마인지 알아? 무려 1,300조 원이야. 이 정도면 나라를 하나 세워도 될 정도지. 그중에서도 노른자위 땅을 재건하는 데 얼마나 많은 돈이 들었을 것 같나?"

"흐음, 그렇군. 아무리 적게 잡아도 몇천억은 들어갔겠지."

"그 이상이야. 조 단위의 현금이 동원되었다는 것은 증권가

나 뒷골목 찌라시쯤으로 여겨지지만, 사실상 이게 정설이야. 저놈들은 조 단위의 현금을 동원하여 강남을 재건했다. 그리고 재건 이후에도 계속적으로 자금이 투입되고 있는 실정이지. 아마도 서울 재건 사업의 1/10에 달하는 돈이 투입된 것이 아니냐는 얘기도 있어."

"엄청난데? 이건 몬스터 부산물로 시세 조작을 해서 될 것이 아니야."

"그래, 시세 조작에도 분명 돈이 들어갈 테니까 쉬운 일이 아니지. 그런 것까지 전부 다 생각해서 저들이 돈을 동원한 곳이 있어."

"그곳이 바로 캐시 앤 캐피탈이라는 것이군."

"캐시 앤 캐피탈은 한국계 자본이 아니다. 알다시피 절반은 일본계 자본이고 절반은 러시아계 자본이지. 러시아는 의문의 대부호 자본이고 절반은 일본 야쿠자의 것이야."

"야쿠자의 돈을 한국으로 끌어들이면서 강남을 재건하고 캐시 앤 캐피탈을 세운 것이군."

"원론적으론 캐시 앤 캐피탈이 제2금융권으로 올라가고 한국계 대부업체를 장악하기 위해 강남이 재건된 것이지."

"결국은 돈놀이에 돈놀이였다는 소리군."

"뭐, 세상 돌아가는 것이 다 그렇지."

화수는 우선 캐시 앤 캐피탈 쪽을 조사해 보고 이번 몬스터 부산물 수취 거부에 동원된 자금이 있는지 알아보기로 했다.

"아무쪼록 도움이 많이 되었다. 고마워."

"별말씀을. 나중에 사람 필요하면 말해줘."

"그렇게 하지. 조만간 연락할게. 정말로 사람이 많이 필요할 거야."

"그나저나 당신은 정부 밑에서 일하는 사람이라고 하던데, 우리와 같은 용병을 동원한다면 문제가 되지 않겠어?"

"조만간 그 법이 바뀔 것이라고 믿는다."

"후후, 그렇게 된다면 얼마나 좋겠어."

"아무튼 또 보자고."

화수는 동료들을 데리고 강남으로 향했다.

* * *

무너졌던 강남이 되살아나면서 점점 한류 열풍이 다시 일어나 외국인들이 한국으로 꽤 많이 유입되어 있는 상태였다.

몬스터의 공격으로 인해 상권은 무너졌지만 한국의 방송계와 영화계, 가요계는 성장을 거듭하고 있었다.

전문가들은 이러한 현상이 몬스터의 침공으로 인한 불안을 해소하려는 본능이라고 설명하기도 했지만 정설은 없었다.

한국의 영화가 개봉될 때마다 세계 각국의 영화제에 초청되거나 드라마가 초대박을 터뜨려서 수출을 하는 등의 특수가 이어지고 있다.

가요계 역시 아시아 전역은 물론이고 미국과 유럽에도 큰 영향력을 미치는 중이다.

아이러니한 상황이지만 국가가 어려움에 처해갈수록 문화 콘텐츠 산업은 점점 더 성장해 간다.

화수는 예전에 비해 부쩍 많아진 유럽인과 아랍인을 바라보며 격세지감을 느꼈다.

"이제는 강남권에서 한국 사람 찾아보기가 더 힘들어졌군."

"소매상인 연합이 왜 저렇게 힘을 쓰고 다니는지 알 수 있는 부분이지. 그들은 한국의 원화가 아니라 유로화나 달러화를 벌어들이기 때문에 저렇게 빳빳이 고개를 들고 다닐 수 있는 거야."

"그래, 확실히 그렇군."

세 사람은 강남 도심권 한복판에 세워져 있는 국군 기무사령부 서울 중앙 지부를 찾았다.

국군 기무 사령부가 강남의 번화가에 세워진 것은 이곳이 몬스터와 국군의 최대 격전지였기 때문이다.

작전명 'SKR'은 남서울을 되찾는다는 의미인데, 기무 사령부가 있던 자리에는 남서울 전선의 사령부가 세워져 있다.

지금은 사령부가 경기도 김천으로 이전되어 서부전선 제3 야전군 사령부로 배속되어 구 사령부 중앙 기지에 기무 사령부 서울 중앙 지부가 대신 입주하게 된 것이다.

화수는 하사관 생활을 할 때에도 이곳을 자주 드나들던 기억이 있다.

"오랜만이군."

"기무 사령부라… 예전에 이곳에서 감찰을 나왔다가 죽을 뻔한 적이 있지. 놈들은 야차 부대보다 더 무식한 놈들이더군."

"지금은 국가 전시 상황에 준하는 시국이니 당연히 날카로울 수밖에."

그는 총 35층으로 이뤄진 기무 사령부 서울 중앙 지부로 두 동료를 데리고 들어갔다.

마름모꼴 빌딩 형태인 서울 중앙 지부는 건물의 외벽이 전부 강화유리로 되어 있으며 뼈대는 티타늄 합금 철근으로 이뤄져 있었다.

이 단단한 작은 요새에는 무려 6개의 대공 포대와 각종 화공 망이 구성되어 있으며, 지하에는 전차와 장갑차 등을 둘 수 있는 시설이 마련되어 있다.

기무 사령부는 현재 한강 유역의 몬스터 토벌 사업을 주도하는 사령부로서의 기능도 하고 있기 때문에 무장 병력이 꽤 많이 주둔해 있었다.

입구에는 붉은색으로 '안보', '멸공'이라는 글귀가 크게 쓰여 있었다. 그리고 건물 외벽에는 망전필위(忘戰必危)와 '소 잃고 외양간 고치면 이미 때는 늦는다'고 쓰여 있다.

역시 기무 사령부다운 글귀라는 생각이 든다.

화수는 입구에 잠시 멈추어 서서 헌병대의 몸수색과 신분 확인 절차를 거쳤다.

"충성! 잠시 검문이 있겠습니다. 직책과 용무를 말씀해 주시고 신분증을 제시하여 주십시오."

사복을 입고 있는 화수는 헌병에게 군 신분증을 제시하였다.

"대전 자운대 수렵 사령부 예하 야차 중대장 강화수 소령이다. 마영강 소장님을 뵈러 왔다. 3군 사령부에서 이곳으로 전입하셨다고 하던데, 맞나?"

"잠시만 기다려 주십시오. 확인해 보고 말씀드리겠습니다."

헌병은 잠시 화수의 신분을 확인하곤 이내 경례를 붙였다.

척!

"실례 많았습니다. 마영강 소장님께선 기무 사령부 참모장으로 계십니다."

"아하, 그렇군."

"연락을 해드릴까요?"

"그렇게 해주게."

"예, 알겠습니다."

잠시 후, 헌병 두 명이 더 나와 화수의 동료들에게 신분증을 요구했다.

"신분증을 맡겨주십시오. 강화수 소령님의 동행이시지요?"

"예, 그렇습니다."

"임시 신분증을 발급해 드리겠습니다. 이것을 반드시 패용해 주십시오. 패용치 않을 시엔 곧바로 퇴출 및 감금 조사를 받게 됩니다."

"그, 그래요."

기무 사령부는 몇 년 전부터 계속되는 북한의 대남 공작원의 남파로 인해 골머리를 앓고 있는 상황이기에 보안에 더 신경을 쓰는 모습이다.

전자기기를 모두 반납한 후에 들어선 기무 사령부 서울 중앙 지부의 모습은 삭막하기 이를 데가 없었다.

사람들은 필요 없는 말은 거의 하지 않았으며 전부 총을 차고 다녔기 때문에 말을 걸고 싶지도 않았다.

"기무 사령부는 원래 이런가?"

"원래 이렇지는 않지만 요즘 상황이 조금 안 좋아서 말이야."

"…그렇군."

잠시 후, 화수에게로 소위 한 명이 다가왔다.

척!

"충성! 강화수 소령님?"

"그러하네."

"참모장님께서 기다리고 계십니다."

"그래."

마영강 소장은 화수가 해외 파병 업무를 맡았을 때 부대장으로 재직하고 있던 사람이다.

7년 전에 준장으로 진급하여 어깨에 별을 단 후 야전 부대 여단장들을 두루 거치고 지금은 참모장으로 임명되었다.

화수는 자신에게 도움을 줄 수 있는 사람은 지인뿐이라고 생각했다.

그가 소속해 있던 부대의 지인들은 지금까지 그에게 큰 도움을 주었고, 자신도 도움을 많이 주었기 때문이다.

소위를 따라서 참모장실로 들어가 보니 총기를 손질하고 있는 마영강 소장이 보인다.

척!

"충성!"

"왔군. 자네, 정말로 살아 있었나?"

"아쉽게도 그렇습니다."

"사람 참, 살았다면 살았다고 연락 좀 하지 그랬나?"

"여러모로 정신이 없었습니다."

"그래, 잘 알고 있지. 이강용 준장 만났다면서?"

"우연한 기회에 그렇게 되었습니다."

"으음, 그렇군."

이강용과도 꽤 친분이 있는 마영강은 여전히 연락을 하고 지내는 모양이다.

그는 화수에게 술을 권했다.

"맥주? 아님, 양주?"

"맥주가 좋겠습니다."

"그래, 그럼 그렇게 하지."

마영강은 화수의 동료들에게도 술을 권했다.

"한잔하시겠소?"

"좋지요. 위스키 한 잔 주십시오."

"그럽시다."

술잔을 하나씩 건넨 마영강이 잔을 들었다.

"우선 강화수 소령의 생환을 축하하는 의미에서 건배합시다."

"건배!"

짧은 건배가 끝나고 마영강이 화수에게 물었다.

"그나저나 자네가 나를 다 찾아오고, 무슨 일인가? 도움이 필요한가?"

"송구합니다만, 그렇습니다."

"어려운 일에 당면한 모양이지?"

"…예."

"그렇다면 도움을 줘야지. 무슨 일인가?"

"현재 제가 이끄는 자운 화학에서 취급하던 화학물을 소매상인 연합에게 넘기려다가 퇴짜를 맞고 그 물량을 전부 도둑맞았습니다."

"도둑이라? 기무사에 연락은 했나?"

"지금 기무사를 통해서 경찰에 접촉한 상태입니다. 해당 CCTV를 모두 확인하여 조치할 생각입니다."

"많이 힘들겠군."

"제가 소장님을 찾아온 것은 소매상인 연합에 대해서 알아보기 위함입니다."

"소매상인 연합이라……."

"그들이 캐시 앤 캐피탈과 유착되어 있다던데, 아시는 것이 있습니까?"

"으음, 그래, 예전 육군 첩보단에 의해서 한 번 보고를 받은 기억이 있어. 캐시 앤 캐피탈과 소매상인 연합이 유착 관계에 있다고 말이야. 하지만 제재 대상은 아니라서 그냥 두었네."

"그 정보를 저에게 좀 주실 수 있겠습니까?"

"뭐, 그러세. 그때야 기밀이지 지금은 보안 등급이 내려가서 기밀도 아니라네. 그들의 정보를 모두 넘기면 되는 것인가?"

"되도록이면 보고서 원본을 받고 싶습니다."

"그래, 잠시만 기다리게."

보고서 원본을 받는 것은 원칙대로라면 꽤나 복잡한 절차를 밟겠지만 참모장 보증과 정보 제공 승인을 받으면 바로 처리가 가능하다.

그는 전화 한 통으로 곧바로 일을 처리해 주었다.

"됐네. 1층 로비로 가서 보고서를 받아보게."

"감사합니다!"

"아 참, 그리고 자네, 온 김에 내 부탁도 하나만 들어주게."

"부탁이요?"

"선 자리가 몇 개 들어왔다네. 얼굴만 좀 비춰줘."

"…또 선입니까?"

"이런, 다른 사람들도 다리를 놓고 있나?"

"예, 그렇습니다. 저번에도 3일 동안 세 번이나 선을 보았습니다."

"그렇군. 그렇다면 한 번만 더 보게. 안 그래도 요즘 중매 제안을 받고 고심하던 참이네. 상대가 국정원 요원이거든."

"그, 그건 좀……."

"괜찮아. 대외공작부에 있어서 그렇지 아주 참하고 한 미모 한다네. 뭐, 몸매는 말할 것도 없겠지?"

"그래도 좀……."

"오랜만에 만났는데 부탁 좀 들어주게. 자네, 그냥 그렇게 보고서만 받고 튈 생각이었나?"

"……."

"그리고 말이야, 이런 소리는 원래 내가 잘 안 하지만 자네에게 많은 도움이 될 선 자리일세."

"도움이 되다니요?"

"자세한 건 나가서 알아보게. 내가 해줄 얘기는 여기까지야."

화수는 그의 부탁을 받고 나니 도저히 선 자리를 거부할 수가 없었다.

'제대로 끼었군.'

그는 별수 없이 선 자리에 나가기로 했다.

제2장

C&C 그룹

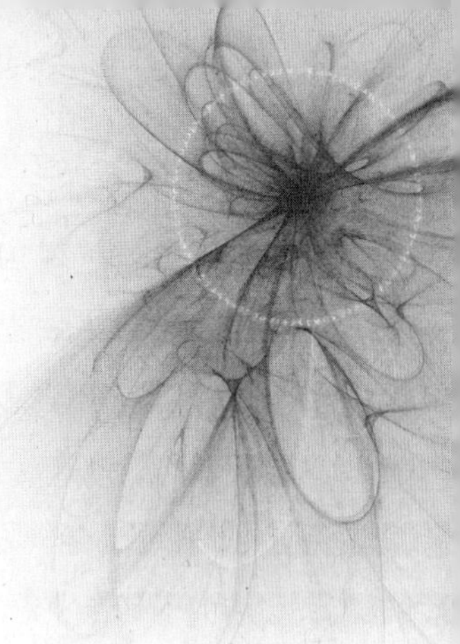

늦은 밤, 여야의 대표가 한자리에 모였다.

"……."

"어색하군요."

"그러게 말입니다."

여당 대표 기시현과 대한민국 제1당인 한국당, 제3당, 4당인 국민노동당, 대한민국 책임 연대의 대표가 경기도 양평의 한 암자에 둘러앉아 나눈 얘기다.

한국당 대표 한재규가 기시현에게 물었다.

"머리털 빠지게 쥐어 팰 때는 언제고, 이번에는 이런 화합의장을? 우리는 왜 보자고 한 겁니까?"

"당신 말대로 같은 정치인끼리 화합이나 도모하자는 뜻이지요. 제가 무슨 뜻이 있어서 여러분을 이곳까지 불렀겠습니까?"

한재규는 속으로 콧방귀를 뀌었다.

'하여간 좀생이 기질은 여전하군. 에라이, 네 뒤통수는 더러워서 안 친다, 안 쳐!'

대한민국의 대통령 탄핵 절차는 원래 이러했다.

먼저 국회에선 대통령을 탄핵한다는 안건을 발의시키고 그것을 다수결에 붙여 2/3이상이 찬성하면 탄핵안이 본격적으로 추진되는 것이다.

그 이후 국회에서 탄핵안을 헌법재판소에 소치하면 헌재에서 가결, 부결을 결정하여 대통령을 탄핵하게 되는 것이다.

하지만 최근 15년 사이 두 번이나 대통령이 탄핵되었다가 다시 선출되었고, 그 과정에서 탄핵안의 허술함이 매번 지적되었다.

그 때문에 두 번째 탄핵에서 대통령 탄핵 절차를 까다롭게 변경하였고, 탄핵 이후에 대통령을 새로 선출하는 방식도 아주 복잡하게 바뀌었다.

우선 누군가 대통령을 탄핵한다는 안건을 발의시키고 나면 국회 본회의를 통하여 그것을 정식 안건으로 다루고 과반수로 탄핵안 발의를 최종 비준하게 된다.

그 이후엔 대통령을 상대로 대국민 질의, 대국회 질의를 거치고 대통령 최종 소명까지 거친 후에 헌재에서 재판을 내리게 된다.

헌재는 이 세 가지의 절차를 통하여 조금 더 객관적이고 신중한 결정을 내릴 수 있게 되는 것이다.

하지만 이 재판이라는 것은 대국민 투표로 가기 위한 길목에 불과하고, 국민이 찬반을 결정하여 최종적으로 대통령을 탄핵하게 되는 것이다.

한마디로 대통령 탄핵의 본질을 처음부터 다 뜯어고쳤다는 소리다.

워낙 대통령의 탄핵안이 밥 먹듯이 소치된다고 난리를 쳐댄 탓에 재정된 법이 위와 같다.

그 밖에도 파면 이후 5년 동안 공직에 나가지 못하던 금지법을 아예 공직 금지로 바꾸고 탄핵 이후 60일 안에 새로운 후보를 뽑아야 하던 것을 3개월로 연장하였다.

대통령 탄핵이 반복되면서 한국의 행정부는 국무총리의 권한이 커지고 그 내각에 대한 중요성이 대두되었다.

그러니까 정확하게 말하자면 지금의 행정부는 대통령제도 아니고 의원내각제도 아닌, 그렇다고 완벽한 이원집정부제도 아니었다.

지금의 야당은 완전한 행정부를 만들기 위해선 이원집정부제도를 도입하는 등의 개헌이 필요하다고 주장했다. 하지만 여당은 이원집정부제도와 의원내각제는 현 시점에서 문제가 있다고 비판하며 첨예하게 대립하였다.

어쩌면 가는 길이 다르다고 볼 수 있는 이 네 개의 당이 이번 탄핵에 힘을 실어주게 된 것은 각자 원하는 것이 있기 때문이다.

기시현은 대통령 탄핵 이후에 자신이 원하는 허수아비를 세우는 것이 목표였으며, 한재규는 의원내각제를 도입하는 것이 가장 큰 관심사였다.

나머지 두 당 대표 역시 이원집정부제를 도입하려는 야심을 보이고 있기 때문에 탄핵안은 필수불가결한 문제였다.

하지만 만약 여기서 단 한 사람이라도 마음을 바꾸어먹는다면 문제는 조금 심각해진다.

대통령 탄핵 절차가 까다로워진 만큼 하나의 당이라도 마음을 바꾸고 여론몰이에 앞장서게 되면 탄핵은 사실상 부결될 가능성이 높다.

기시현은 그러한 불안감 때문에 당 대표 모임을 구성하게 된 것이다.

한재규는 이렇게까지 자신들을 믿지 못하는 기시현이 한심하기까지 했다.

"밥이나 한 끼 하시죠."

"됐습니다. 뒤통수 안 칠 테니까 오늘은 이쯤에서 해산하시죠."

"…꼭 그런 목적으로 모이라고 한 것은 아닙니다만?"

"그럼 우리가 피차 얼굴 맞대고 밥 먹을 사이도 아닌데 왜 모여야 합니까?"

"여야의 화합을 통하여……."

"그놈의 여야의 화합, 그 화합이 5년만 더 일찍 이뤄졌어도 한국이 지금처럼 퇴보하는 일은 없었을 겁니다."

"뭐요?"

기시현과 한재규의 가는 길이 다른 만큼 사람들은 두 사람을 물과 기름으로 표현하곤 했다.

제1의 정당이자 대한민국 야당의 대들보라 불리는 한재규는 지금까지 번번이 대통령 배출에 실패했다는 압박감 때문에 마음고생이 이만저만이 아니었다.

그러나 기시현은 자신이 모시던 당 대표가 대통령을 두 번이나 바꾸고 지금의 대통령 자리에 올랐으니 최소한 열등감은 느끼지 않을 것이다.

물론 기시현은 열등감을 느끼는 사람은 아니지만 여당이 제2당으로 밀려난 것이 꽤 오래되었다는 사실에 불안감을 가지고 있는 것이다.

어떻게든 대통령이 배출되었다곤 하지만 언제 무너질지 모르는 것이 정당이다.

그는 앞으로 자신이 설 자리가 없어지면 어쩌나 하는 불안감 때문에 자꾸만 히스테릭해지는 것이다. 그리고 그런 이유로 정경유착에 열을 올리고 있는 것이다.

한재규는 더 이상 기다리지 못하고 자리에서 일어섰다.

"되지도 않는 이유로 사람을 오라 가라 하다니, 남들이 보면 웃습니다."

"……."

"그럼 나는 먼저 갑니다. 바쁜 일이 좀 있어서요."

기시현은 자리에서 일어선 그에게 말했다.

"이번 대국민 담화는 보셨습니까?"

"봤지요."

"어떻게 생각하십니까?"

"어떻긴요, 그 모사꾼이 하는 말이야 거기서 거기지요."

"그렇다면 대국회 질의 때 한재규 대표께서 나서주실 수 있겠군요?"

"…제가요?"

"왜요? 자신 없습니까? 한명희에게 질까 봐?"

"허, 무슨 소리! 말발로 한명희에게 지면 지나가던 개가 웃을 겁니다!"

대국회 질의는 보통 국회의장이 하는 것이 정석이지만 야당이나 여당의 대표들이 한 사람을 지정하면 그가 질의에 나서기도 한다.

지금 이 대목은 여당이 한재규를 질의자로 지목한다는 소리이기도 했다.

'이게 지금 무슨 의미야?'

한재규는 갑자기 자신을 밀어주는 이유가 궁금해졌다.

"제가 질의자로 나섰다가 정말 탄핵이라도 하게 되면 어쩌려고 그러십니까?"

"저는 진심으로 탄핵시킬 생각입니다. 그렇게 되면 좋지요."

"그 이후에는 어쩌려고 그러는지 모르겠군요."

"어차피 제2당입니다. 밀려나도 상관없습니다. 대통령만 바꿀 수 있다면 말이죠."

"대통령 배출의 명가에서 약한 소리를 하니 좀 이상하군요."

겉보기엔 될 대로 되라는 식 같지만 기시현은 그만큼 한재규를 투표에서 이기게 할 자신이 있었다.

그동안 당이 쌓아온 노하우와 표밭에 대한 신뢰도가 그 뒷받침이라고 할 수 있다.

물론 모든 투표가 그러하듯이 중요한 것은 뚜껑을 열어봐야 알 수 있는 일이다.

한재규는 기꺼이 그의 말에 따르기로 한다.

"저야 좋지요. 양청수 대표와 선우진 대표도 같은 생각이십니까?"

"우리야 뭐 말발 좋은 사람이 질의하면 좋죠."

"이하동문입니다."

"하하, 그럼 뭐 더 따질 것도 없군요. 제가 질의자 하겠습니다."

"그렇게 하시죠."

정치는 계산이고 장사이며 퍼포먼스 위주의 쇼로 이뤄진 인기투표다.

국민을 대표한다는 본질이 이제 서서히 퇴색되어 가는 중이다.

그런 의미에서 본다면 한재규는 오늘 수지맞은 것이나 다름없었다.

"자, 그럼 정말 식사라도 한 끼 할까요?"

"그럽시다. 기자들도 좀 불러서 소박한 식사와 당 대표 회동에 대한 얘기도 좀 하고요."

"으음, 그렇다면 저녁에 고깃집에서 삼겹살에 소주 한잔하시죠."

"삼겹살 좋죠."

네 사람은 암자를 내려가 경기도 양평의 한 고깃집으로 향했다.

*　　*　　*

저녁 7시, 이제 슬슬 강하 신도시의 제2지구 신명동에 사람들이 차오르기 시작한다.

화수는 태어나 처음으로 지하 신도시에 발을 들였다.

"특이하군."

강하 신도시의 건물은 전부 천장에 거꾸로 매달려 있었는데, 이곳이 주거 공간이고 바닥이 생활공간이다.

아파트나 주택가, 관공서, 경찰서, 소방서 등등이 천장에 매달려 있고 땅바닥에 상가와 도로가 들어서 있어 완벽한 주상분리를 이뤄냈다.

지하철을 타고 신도시 입구 역에 도착해서 에스컬레이터를 타고 대략 4㎞ 정도 아래로 내려가면 신도시 상업 지구에 도달할 수 있게 되어 있었다.

화수는 오늘 처음으로 지하철을 타고 강하 신도시 제2지구에 들어왔는데, 생활환경은 지상과 별반 다를 것이 없지만 전체적으로 거리가 모던하고 깔끔하다는 것이 특징이다.

다만 이곳에 기거하는 사람들의 생활수준이 중산층 이상이기 때문에 명품에 외제 승용차가 즐비한 것이 지상과의 가장 큰 차이라고 할 수 있다.

그는 제2지구의 거리를 거닐면서 상업 지구를 잠시 구경했다.

"이곳 지하엔 몬스터의 침입이 없는 건가?"

화수는 이 번화한 거리에 만약 몬스터가 갑자기 출몰이라도 한다면 과연 어떻게 될까라는 생각을 해보았다.

퇴로라곤 에스컬레이터 하나뿐인 이곳에서 몬스터가 출몰하면 사람들은 막대한 피해를 입게 될 것이다.

물론 지하 대피소가 있기는 하지만 초대형 몬스터나 뱀과 몬스터가 나타나면 안전한 것만은 아니다.

"레일건도 없고 수비 병력도 부실하군. 이런 곳에 무슨 신도시를 짓는다고 난리인지 안전 불감증은 여전하군."

지하에 몬스터가 창궐하지 않으리라는 보장도 없이 신도시를 짓다니, 화수의 입장으로선 다소 이해가 안 가는 부분이다.

잠시 후, 화수의 곁으로 한 여인이 다가왔다.

"강화수 선생님?"

"…김다해 씨?"

"반갑습니다. 김다해라고 합니다."

"아, 예."

화수는 자신도 모르게 꾸벅 고개를 숙였다.

이것은 그녀가 화수에게 정중하게 인사를 해서가 아니라, 그냥 그녀를 보자마자 자동적으로 튀어나온 것이다.

그녀는 아주 차분하고 수더분한 인상인데, 한복 정장을 모두 갖춰 입고 있었다.

검은색 계통의 한복에 두루마기까지 갖춘 그녀의 복색은 누가 뭐라고 해도 조선시대나 구한말의 모습이다.

요즘 세상에 한복을 입고 선 자리에 나오다니, 상당히 보기 드문 경우이다.

하지만 한복 특유의 맵시와 선이 살아 있어 오히려 범접하기 힘든 아름다움을 뽐내고 있었다.

"옷이 아름답군요."

"선을 본다고 해서 격식을 갖춰봤습니다. 색채가 너무 탁하지 않나 싶습니다만 마음에 드신다니 다행이군요."

"그, 그래요."

양가의 규수 같은 그녀의 모습이 조금은 부담스러웠지만 화수는 그런 것으로 사람을 가리지는 않았다.

"식사라도 하실까요? 혹시 저녁은 드셨습니까?"

"간단히 먹고 왔어요. 시간이 시간이니만큼 식사는 하셨을 것 같아서요."

"으음, 그렇다면 차나 한잔……."

"그러실까요?"

그녀가 술을 별로 좋아하지 않는다는 소리를 어렴풋이 들은 화수는 고즈넉한 풍령 소리가 들리는 도심 공원 속 찻집으로 향했다.

팅팅.

도심 공원 안에는 미국 센트럴파크의 두 배에 달하는 크기의 잔디밭과 생태 공원이 조성되어 있는데, 그곳에 사찰과 찻집이 있었다.

화수는 사찰 바로 옆에 있는 찻집으로 들어가 마룻바닥으로 된 테이블로 향했다.

"어떤 차가 좋으십니까?"

"가볍게 작설차 한 잔 하는 것이 좋겠네요. 특히나 오늘 같은 날엔 작설차가 딱이죠."

"아하, 그렇군요."

다도에 조예가 깊은 그녀는 차에 관해선 꽤 해박한 지식을 가지고 있었다. 하지만 자신의 지식에 대한 정보를 남에게 노출하는 것을 그리 좋아하는 편은 아니었다.

그녀는 화수에게 굳이 한국 전통 다도에 대한 예절을 가르칠 생각은 없었다.

쪼르르.

편하게 앉아 찻잔에 작설차를 따른 그녀는 화수에게 선 자리에 나온 이유에 대해 물었다.

"듣자 하니 장군께서 선 자리를 권유하셨다고 하던데, 결혼 생각이 있어서 나오신 건가요?"

"그건 아닙니다. 아직까지 결혼에 대해 진지하게 생각해 본 적은 없습니다."

"그럼 왜 이 자리에 나오신 건가요?"

"으음, 그렇게 단도직입적으로 물으시니 할 말이 없군요. 딱히 큰 뜻이 있어서 나온 것은 아닙니다. 그냥 편안한 자리라고만 들어서요."

"아아, 그렇군요."

화수는 그녀가 이번 선 자리를 꽤나 중요하게 생각한다는 것을 이곳에 나와서야 알게 되었다.

'그래, 선 자리를 중요하게 생각하지 않았다면 한복을 입지도 않았겠지.'

그는 그녀에게 깊이 고개를 숙였다.

"미안합니다. 제가 사람과 사람이 만나는데 너무 생각이 짧았군요."

"아닙니다. 사람에 따라 차이는 있는 법이니까요."

생각의 차이는 있어도 뜻만 통한다면 사람과 사람이 만나는 데 큰 문제가 없다고 생각하는 화수다.

그녀도 화수가 결혼에 그다지 흥미가 없다는 것에 크게 괘념치는 않는 것 같았다.

김다해는 식은 차를 따라내고 화수에게 새로 차를 따라주었다.

쪼르르르.

아주 차분하게 차를 따른 그녀가 화수에게 말했다.

"어차피 선 자리에 나왔으니 서로 뭔가 얻어가는 것은 있어야겠지요?"

"그게 무슨……?"

"장군님께 듣기론 아주 난처한 일을 겪고 계시다고 하더군요."

"으음, 그런 소리까지 하셨습니까?"

"뜻하지 않게 들었습니다. 무슨 얘기인지 대충 들었습니다만, 아주 난처하겠더군요."

"뭐, 어쩌다 보니 그렇게 되었습니다."

그녀는 화수에게 한 가지 제안을 했다.

"그렇다면 당신이 저에게서 얻어갈 수 있는 뭔가를 드리겠습니다. 그러니 당신도 저에게 얻어갈 수 있는 뭔가를 주세요."

"등가교환을 하자는 겁니까?"

"굳이 그렇게 보자면 교환이라고 할 수도 있겠군요."

선 자리에 나와서 거래를 한다는 것이 조금 꺼림칙하기는 했지만 그녀의 말이 아주 틀린 것은 아니었다.

누구에게나 시간은 금이기 때문이다.

"좋습니다. 그럼 그렇게 하시죠."

"그래요, 그렇게 생각하실 줄 알았습니다."

그녀는 화수에게 명함을 한 장 건넸다.

[도쿄도 경시청 형사 제2부장—경시감 소우스케 텐죠]

"받으세요."

"누굽니까?"

"이 사람이 짜고 있는 판이 당신께 아주 큰 도움이 될 겁니다. 물론 그 사람에게도 당신이 아주 큰 도움이 될 것이고요. 한마디로 두 사람은 상부상조할 수 있는 사이라는 거죠."

"으음, 그래요?"

"더 자세한 얘기는 제 입으로 꺼내기 부담스럽군요. 저는 경시청의 지인을 소개시켜 준 것일 뿐 더 이상의 정보는 제공할 수가 없어요."

그녀는 이쯤에서 선을 그었지만 화수는 그녀가 야속하다거나 깍쟁이 같다는 생각은 하지 않았다.

명함을 잘 갈무리한 화수는 그녀에게 교환 조건에 대해 물었다.

"이번엔 제 차례군요. 저에게 말씀하실 조건이 뭡니까?"

"저와 세 번 만나주세요."

"네?"

"세 번 만나달라고요."

화수는 그녀가 지금 무슨 소리를 하는 것인지 몰라 고개를 갸웃거렸다.

"만나달라니요?"

"데이트 말입니다. 요즘엔 남녀가 만나는 것을 데이트라고 한다면서요. 저는 그쪽이 마음에 들었으니 세 번만 만나보자는 소리입니다."

"아, 아!"

그녀가 똑 부러지는 성격이라는 소리는 들었지만 이렇게 강단이 있을 줄은 전혀 상상도 못 한 화수이다.

화수는 자신도 모르게 고개를 끄덕일 수밖에 없었다.

"그, 그럼 그렇게 합시다."

"말을 더듬는 것은……."

"아아, 오해는 마십시오. 그냥 조금 당황해서 그런 겁니다. 머리에 털 나고 이런 경우가 처음이라서요."

"그렇군요."

"아무튼 다해 씨 편할 때 아무 때나 불러주십시오. 데이트, 세 번 합시다."

"약속하신 거죠?"

"물론입니다."

얼떨결에 잡은 약속이지만 느낌이 그리 나쁘지만은 않은

화수이다.

*　　*　　*

새벽 두 시, 동대문의 용병 시장으로 한 남자가 찾아왔다.

똑똑.

동대문 구 지하상가의 문을 두드린 사람은 아주 말끔한 정장을 차려입은 사내였다.

"…이 시간에 누구요?"

"당신이 최대현입니까?"

"그렇소만?"

"할 얘기가 있습니다. 잠시 시간을 좀 내어주십시오."

"뭐요?"

사내는 자신의 주머니에서 명함을 한 장 꺼냈다.

[육군 첩보단 박성화 대령]

"육군 첩보단?"

"HID라고 부르기도 합니다."

"아하, 그 북파공작단을 말하는 거요?"

"비슷합니다."

"그런데 북파공작원께서 이곳까진 어쩐 일입니까?"

"기무사에서 당신께 볼일이 좀 있답니다."

"볼일?"

"함께 가시죠."

"…만월 이놈이?!"

최대현은 무의식적으로 만월의 이름을 꺼냈다.

만월은 최대현과 함께 동대문 최고의 용병 장사꾼으로 손꼽히는 사람이다.

가끔 수틀리는 짓을 하면 서로 경찰에 신고를 하거나 고소를 하는 경우가 있었는데, 그는 지금의 상황이 그와 비슷할 것이라고 생각했다.

하지만 남자는 고개를 가로저었다.

"아닙니다. 만월이라는 사람과는 전혀 상관이 없습니다. 저는 그런 사람 알지도 못하고요."

"그럼 뭡니까?"

"이 사람들 알아요?"

박성화가 내민 사진 속에는 쇠파이프를 든 시위대와 그 선봉에 선 20명의 사내들이 들어 있었다.

순간, 최대현의 얼굴이 와락 일그러진다.

"이게 뭐야?"

"아는 사람입니까?"

"앞에 몇 놈은 우리 사무실에서 일한 적이 있습니다. 몇 놈은 우리 사무실에서 일하는 놈이고요."

“그래요, 그럴 줄 알았습니다.”

박성화 대령은 자신의 주머니에서 녹음기를 하나 꺼냈다.

“잘 들어보세요.”

“……?”

녹음기의 재생 버튼을 누르자 한 젊은 청년의 목소리가 들렸다.

—…그놈들이야 원래 그렇게 극성맞은 놈들이지만 이번에는 좀 달랐어요. 뭔가 조금 더 전문적인 손길이랄까?

—그 전문적인 손길이라는 것이 무슨 뜻인데?

—제가 시위대 전경으로 진압에 투입된 것만 벌써 몇 번인데요? 이제는 쇠파이프를 휘두르는 것만 봐도 용역 깡패인지 아닌지 알아요. 이번에는 그중에서도 에이스? 그것도 아니면 진짜 전문가가 투입된 것 같았어요. 주먹을 쓰는 폼이 아니고 어디서 무술을 배운 것 같았습니다.

잠시 후, 녹음기의 정지 버튼을 누른 박성화 대령이 입을 열었다.

“여기까지 듣고 뭔가 느끼는 것이 없으십니까?”

“시위대에 용역 깡패가 투입된 것은 어제오늘의 일이 아닐 텐데요?”

“알아요. 하지만 이번에는 얘기가 좀 다릅니다. 진군이 결정되고 난 후에 갑자기 시위가 벌어졌지요. 그 많은 사람을 도대체 어떻게 동원했으며, 갑자기 이렇게 단시간 내에 용역 깡패를 조달했다는 것도 이상하죠."

"…하고 싶은 말이 뭐요?"

"이 사람들, 지금 어디에 있습니까?"

"집 주소는 잘 모르오. 하지만 자주 가는 술집이나 밥집은 알지."

"용병 장사 한다는 사람이 주소도 모릅니까?"

"용병 장사를 하는데 주소를 아는 것이 더 이상한 것 아닌가?"

"으음, 그건 그렇군요."

최대현은 그에게 약도를 그려 건네주었다.

"찾아가보쇼. 거기에 없으면 나도 모르고."

"알겠습니다."

이윽고 그는 약도를 챙겨 넣고 최대현에게 물었다.

"그나저나 당신은 이번 사건과 아무런 관련이 없어요?"

"난 정치 싫어해. 한국도 싫지만 정치는 더 싫소. 그래서 빡세게 몇 년 모아서 미국이나 일본으로 뜰 거요."

"애국자가 아니라고 해서 용의선상에서 제외되는 것은 아닙니다."

"내가 용병 장사를 하는 사람이라고 해서 용역 깡패들까지 막 부릴 것이라 생각하면 오산이오. 나는 건달과는 거리가 멀어."

"흐음."

최대현은 뭔가 생각났다는 듯이 말했다.

"아아, 얼마 전에 인천 철가방파에서 사람이 온 적이 있소. 이곳에서 용병 생활을 하던 놈들 중에 몇몇이 그쪽에서 해결사 노릇을 했나 보더군."

"철가방파라… 그들이 와서 무슨 얘기를 했습니까?"

"나야 모르지. 그냥 사무실로 찾아와서 어디로 갔느냐기에 술집을 알려주었을 뿐이오."

"그렇군요."

최대현은 박성화에게 한 가지 당부를 했다.

"첩보단에서 나왔다니까 얘기해 주는 거지만 남들에겐 비밀이오. 이 바닥이 사생활 존중이 생각보다 중요하거든."

"물론입니다. 첩보단의 입이 가벼우면 어디에 쓰겠어요?"

"그건 그러네."

"반대로 최대현 씨에게 부탁하고 싶습니다. 제가 오늘 찾아왔다는 얘기, 남들에게 절대로 해선 안 됩니다. 만약 그랬다간 뒷감당하기 힘드실 겁니다."

"하라고 빌어도 안 할 거요. 걱정 마쇼."

"안심이군요."

박성화 대령은 이내 명함을 회수해서 돌아섰다.

"신세 졌습니다. 나중에 꼭 사례할 겁니다."

"됐소. 그냥 더 이상 찾아오지나 마쇼."

"……."

최대현은 다시 문을 굳게 닫아버렸다.

*　　　*　　　*

대전 둔산동의 자운빌딩 안.

각지로 흩어졌던 야차 중대원들이 복귀해 있다.

화수는 자신이 동대문과 강남에서 얻은 자료들을 꺼내놓았고, 김예린과 최지하 등도 나름대로 조사한 것들을 내어놓았다.

김예린은 평택과 군산으로 가는 길목에 있는 CCTV를 죄다 회수해서 감수한 결과에 대해 말했다.

"평택으로 가는 차량 중에서 딱히 이상 징후를 보인 놈들은 없었습니다. 군산 역시 마찬가지입니다."

"흐음."

"만약 놈들이 물건을 빼돌렸다면 부산이나 거제, 동해안으로 보냈을 공산이 큽니다. 이제 동해안에도 항로가 생겼으니 빼돌리려 마음먹는다면 충분히 빼돌릴 수 있을 겁니다."

"혹시나 그게 아니라면?"

"분산해서 빠져나갔을 가능성이 가장 높지요."

다음으로 화수는 최지하 상사와 강하나 소위에게 물었다.

"수소문해 보니 어때? 뭔가 좀 건진 것이 있어?"

"있긴 있지. 이 삭막한 공장단지에서 몇백 대의 차가 움직이는 게 보통 일은 아니니까."

"그들은 어디로 향했대?"

"김예린 대위의 말처럼 사방으로 흩어졌다고 하더군."

"…빌어먹을. 이런 뭣 같은 예감은 틀린 적이 없어."

정은우 하사와 박창민 중사는 신탄진 IC와 판암 IC에서 얻은 정보들을 풀어놓았다.

"오늘따라 신탄진과 판암 IC에 대형 트레일러의 유동이 많았다고 합니다. 하지만 이상한 것은 한 번 들어갔다 나오면 끝, 일괄적으로 한차례 들어갔다가 나오곤 더 이상 움직임이 없었답니다."

"치고 빠졌군. 이 새끼들, 분명 어디선가 선적하고 있을 텐데 말이야."

김예린 대위는 해군을 통하여 받아온 협조 공문을 건넸다.

"그럴 줄 알고 해군에 검문을 신청해 두었습니다. 오늘부터 한 달 동안 대한민국의 모든 국제항을 거쳐 가는 선박을 전부 검열할 겁니다."

"역시 행동력 하나는 끝내주는군."

"기본입니다."

화수는 이제 다시 인원을 나누기로 했다.

"김예린 대위는 세 명을 데리고 서부 해안으로, 최지하 상사는 동부 해안, 황문식 상사는 남쪽으로 갈 수 있도록."

"예, 알겠습니다."

"강하나 소위는 나를 따라오도록."

"예, 예!"

"자네, 일본어 좀 한다고 했던가?"

"예, 그렇습니다!"

"잘되었군."

강하나는 영어, 일본어, 중국어, 러시아어, 불어, 베트남어까지 할 줄 아는 우수한 인재였다.

화수는 일본계 야쿠자이자 대부업체인 캐시 앤 캐피탈을 조사할 생각이다.

"강하나 소위, 일본 출장 괜찮지?"

"무, 물론입니다!"

"나와 강하나 소위는 일본으로 간다. 소매상인 연합이 일본계 대부업체인 캐시 앤 캐피탈과 연관이 있다고 하는군."

"그놈들 혹시 야쿠자 아닙니까? 요즘 야쿠자들 장난 아니라고 하던데요?"

"우리도 장난 아닌 놈들 아닌가? 거칠기론 우리가 더 거칠지."

"후후, 하긴 야차 중대에 비할 바는 아니지요."

"놈들에게서 뭔가 나올 때까지 파고들 테니까 김예린 대위와 최지하 상사 등이 그놈들 알아서 잡아올 수 있도록."

"예, 알겠습니다."

야차 중대는 다시 흩어져 자신의 임무에 투입되었다.

*　　　*　　　*

국정원 중앙정보부 앞 카페에 김다해가 홀로 앉아 커피를 마시고 있다.

그녀는 카페에서 받은 노트북으로 범세계적으로 사용되는 SNS에 접속했다.

SU: 섭외는 했습니까?

See: 물론입니다.

SU: 일본에선 뭐랍니까?

See: 아주 좋아합니다. 알고 보니 스페셜리스트를 동경하던 사람이더군요.

SU: 경찰이 사냥꾼을? 무슨 인연이라도 있는 걸까요?

See: 스페셜리스트가 일본에서 아주 오래전에 작전을 펼친 적이 있는데, 그때 흠모하는 마음을 갖게 되었답니다.

SU: 흠, 막연한 동경일까요? 혹시라도 경시청에 게이가 있는 것은 아니겠지요?

See: 그쪽 취향까지 제가 파악할 수는 없지요. 함께 잠이라도 자본다면 모를까.

SU: 뭐, 그건 그렇군요.

See: 아무튼 스페셜리스트를 픽업하는 시나리오가 꽤나 거창하더군요. 지금 일어나는 모든 것, 당신의 작품이죠?

SU: 글쎄요. 우리가 거기까지 이야기할 사이는 아니지 않습니까?

See: 그런가요.

SU: 아무튼 일본에서 짠 작전은 확실한 것이지요?

See: 그렇게 오래도록 거래를 해오던 사람이 죽을병에 걸렸다니, 당신 같으면 어떻게 하시겠습니까?

SU: 하긴, 딱히 대안이 없긴 하군요.

See: 저는 빈말 안 합니다. 아무리 부업이라도 지킬 건 지켜야지요.

SU: 부업으로 전환했다기에 한 발 퇴보한 줄 알았더니 뭐 그건 아닌 모양이군요.

See: 사람을 띄엄띄엄 보는 것은 여전하시군요.

잠시 후, 그녀에게 전화가 걸려왔다.

지이이잉!

경시청

그녀는 전화를 받으면서 채팅을 종료했다.

"아무튼 일은 다 처리했으니 잔금이나 잘 치러주세요."

—우리가 돈으로 장난치는 사람들은 아니지요. 한 시간 내로 입금될 겁니다. 하마나 계좌 맞지요?

"네, 맞아요."

—그럼 이만…….

노트북을 접고 데이터베이스 파괴 USB를 연결시킨 그녀는 수화기를 들었다.

"네, 접니다."

—어떻게 됐습니까? 그쪽에서 최종적으로 오케이 했습니까?

"그래요. 내일 중으로 떠난다고 하더군요."

—좋습니다. 손님을 대접하는데 우리가 비행기 편은 준비하겠습니다.

"그러시겠어요? 전화번호 드렸으니 알아서 비행기 티켓을 전달해 주시죠."

—네, 알겠습니다.

"그럼 저는 이만……."

전화를 끊은 그녀는 노트북을 반납하고 카페를 나섰다.

제3장

돌파구를 찾다

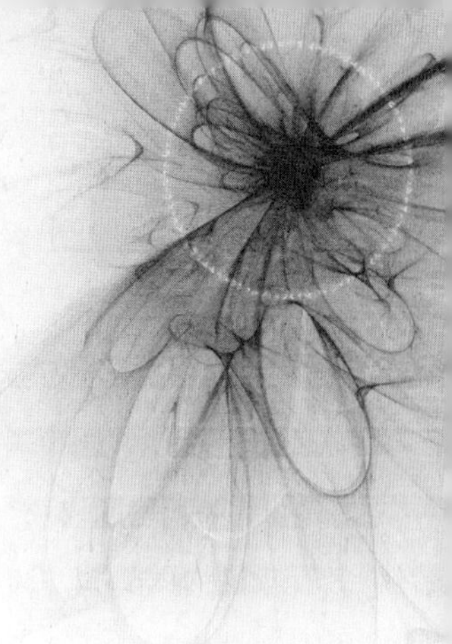

일본 나리타 공항 안 로비.

웅성웅성.

요즘 들어 나리타 공항으로 수많은 인파가 몰려 공항이 몸살을 앓고 있는 중이다.

평균 기온이 낮으면 낮을수록 몬스터의 활동이 줄어드는 모습을 보이는 요즘인데, 몬스터 학자들은 S-11이 가지고 있던 지배 세력권이 약해지면서 추운 지역의 몬스터가 조금 더 많이 줄어든 것이라고 해석했다.

물론 몬스터에 관한 것은 거의 정설이 없다고 보는 것이 옳기 때문에 일반 학자들의 말은 신뢰도가 그리 높은 편은 아니었다.

화수는 요즘 들어 늘어난 유라시아, 북해도 여행객들을 바라보며 A—11의 저력에 대해 공감했다.

"놈이 대단하긴 대단한 모양이군. 세력권 충돌로 여행까지 가능해지다니 말이야."

"그런데 말입니다, S—11과 A—11은 어째서 그 자리에 움직이지 않고 가만히 있는 것일까요?"

"흐음, 글쎄? 나는 물론이고 몬스터 학자들까지도 여전히 미스터리로 생각하고 있는 사실이지."

"제 생각엔 놈들이 마음만 먹는다면 이미 그 자리에서 일어나 지구를 쑥대밭으로 만들고도 남았을 텐데 왜 아직까지 몸을 웅크리고 있을까요?"

지금까지 15년 동안 학자들과 몬스터 수렵 전문가들이 수도 없이 고민하고 또 고찰하던 부분이다.

S—11의 전투력은 등급으로 따지기도 힘들 것이라는 견해가 대부분이었으나, 놈이 직접적으로 인간에게 해를 끼친 것은 화수가 처음이자 마지막이었다.

화수는 S—11을 조사하다가 의문의 초음파와 함께 흘러나온 방사선에 피폭되어 암에 걸리고 말았다.

학자들은 그것이 미필적고의일 것이라고 생각했지만 S—11과

아직까지 대화가 불가능하니 정확한 것은 알 수 없었다.

화수는 다시 한 번 S—11의 정체 현상에 대해 고찰해 보았다.

'놈이 원하는 것이 도대체 뭘까? 놈들은 하나의 종족일까? S—11과 A—11은 결국 같은 종의 몬스터일 뿐인가?'

그는 얼마 전에 A—11이 보내온 고대 문자가 갖고 있는 의미에 대해 생각해 보았다.

만약 A—11이 인간과의 연결을 원한다면 그 목적은 과연 무엇일지 그는 어서 빨리 문자 해독이 끝나기를 고대해 본다.

화수가 이런저런 생각에 잠겨 있을 무렵, 나리타 공항 로비로 170㎝쯤 되는 늘씬한 키의 여자가 들어섰다.

사람들이 그녀를 바라보며 웅성거리기 시작했다.

"아이돌 아니야?"

"맞아. 카바키 55의 리사 아라이 아니야?"

"횡재군. 전직 아이돌을 바로 앞에서 볼 수 있다니 말이야!"

리사 아라이는 한때 아이돌계를 평정한 가수 겸 배우인데, 광고와 영화계를 휩쓸면서 활발하게 활동했다.

그러나 그녀는 소속사와의 갈등과 몇 번의 법적 분쟁으로 인해 인기를 잃고 점점 추락하기 시작했다.

강하나는 사람들이 신기하게 구경하니 자신도 덩달아 까치발을 들고 그녀를 바라보았다.

"아, 아이돌?!"

"아이돌이 궁금해?"

"아, 아닙니다!"

"궁금하면 말해."

"아니, 그런 것은 아니고, 그냥 지나간다기에……."

화수는 그녀의 양쪽 옆구리에 손을 가져다 대더니 이내 힘을 주어 번쩍 들어 올렸다.

쑤욱!

"어, 어어?!"

"이러면 잘 보이지 않겠어?"

"오오, 잘 보입니다!"

누가 보더라도 화수의 근력은 상당히 강력해 보이지만 사실 강하나 소위의 몸무게는 일반 남성도 가뿐히 들 수 있을 정도로 가볍다.

만약 화수가 일반 남성이었다 해도 그는 강하나를 번쩍 들어서 아이돌을 잘 볼 수 있도록 배려했을 것이다.

화수는 연신 '우와!'를 연발하는 강하나를 보며 뿌듯해했다.

"보는 재미가 쏠쏠한가?"

"조, 좋습니다! 역시 대장님은 대단하십니다! 어떻게 이런 생각을……."

"어렸을 때 여동생을 이렇게 들어주곤 했지. 그때 생각이 났어."

"어, 어어?"

"왜 그래?"

강하나는 잘 구경하다가 갑자기 몸을 부르르 떨었다.

"대, 대장님!"

"뭐야? 왜 그래?"

"그, 그녀가 옵니다!"

"뭐라고?"

"그녀가 온단 말입니다!"

강하나를 번쩍 들어주느라 앞을 보지 못한 화수는 누군가 자신의 옆구리를 쿡쿡 찌르는 것을 느꼈다.

"…뭡니까?"

"어딜 그렇게 열심히들 보고 있어요?"

무심코 고개를 돌린 화수는 8등신의 늘씬한 미녀와 마주하게 되었다.

그녀는 화수에게 악수를 건넨다.

"반가워요, 강화수 소령님."

"누구십니까?"

"저는 일본 경시청 소속 리사 아라이입니다."

"아아, 그렇군요. 반갑습니다. 대한민국 육군 소속 강화수

소령입니다."

화수는 강하나를 들어 어깨에 척 걸친 후 리사에게 악수를 건넸다.

두 사람이 손을 맞잡는데 강하나가 화수의 어깨 위에서 연신 발을 동동 구르며 외쳤다.

"대, 대장님! 이, 이 여자입니다!"

"뭐?"

"아, 아이돌 말입니다!"

고개를 갸웃거리는 화수에게 리사 아라이가 웃으며 말했다.

"후후, 일단 나가시죠. 이곳은 복잡해서 대화를 나누기가 좀 어렵군요."

"뭐, 그럽시다."

화수는 강하나 소위를 여전히 어깨에 들쳐 멘 채 공항을 나섰다.

* * *

화수는 리사 아라이의 차를 타고 도쿄 경시청으로 가는 길에 들어섰다.

그는 어째서 아까 강하나가 그렇게 발을 동동 구르며 난리를 피웠는지에 대해 들을 수 있었다.

"아하, 당신이 바로 그 아이돌이라는 사람이군요."

"아이돌이었던 사람입니다. 한때는 가요계에 몸담았던 시절이 있었지요."

"그렇군요."

"저를 퇴물이라고 부르는 사람들도 꽤 있는데, 그것도 맞는 말입니다. 저는 이미 그곳에 미련을 버리고 온전히 경찰이 되었으니까요."

"특이한 경우군요. 아이돌이 경찰이라니, 태어나서 이런 경우는 또 처음입니다."

"한국에는 아이돌 출신 검사도 있다고 들었습니다."

"그, 그런가요?"

"아이돌 출신 검사도 있고 모델 출신 경찰 간부도 있습니다. 제가 처음 경찰이 되겠다고 결심했을 때 그녀들의 영향을 꽤 많이 받았지요."

연예계에 대해 관심이 전혀 없는 화수가 아이돌 출신의 검사나 경찰이 있는지 알 리가 없었다.

그녀는 이제 자신에 대한 얘기를 접고 본격적으로 일 얘기를 꺼냈다.

"얘기는 들었습니다. 캐시 앤 캐피탈에 대해 조사하고 계시다고요?"

"정식으로 조사하는 것은 아닙니다만, 한국의 소매상인 연합과의 유착 관계 때문에 골머리를 앓고 있는 것은 사실입니다."

리사 아라이는 자신이 알고 있는 캐시 앤 캐피탈에 대한 모든 정보를 공유해 주었다.

"경시청에서 캐시 앤 캐피탈, 그러니까 도쿄 아이자와회의 뒤를 쫓은 것은 대략 30년쯤 되었습니다. 아이자와회는 시부야 일대를 장악하고 있던 야쿠자의 강대 세력입니다. 하라주쿠를 비롯한 시부야의 번화가에 풍속집이나 호스트바 같은 유흥 주점을 대량으로 가지고 있지요. 10년 전부턴 힙합클럽이나 일렉트로닉클럽을 차려놓고 공공연하게 마약을 판매하고 있습니다."

"시부야에서 풍속집이나 돌리던 놈들이 어떻게 수조 원 대의 자금을 조성할 수 있게 된 겁니까?"

"우선 아이자와회가 어떻게 생겼는지부터 이해하셔야 합니다. 아이자와회는 원래 요요기의 작은 주먹에 불과했습니다. 하지만 러시아 마피아와 손을 잡고 마약 거래를 시작하고 나서부터 세력이 급격하게 불어나기 시작했지요."

"흐음, 마약이라……."

"그들은 러시아계 마피아 세콜린스와 손을 잡고 일본에 수많은 불법 사업을 시행해 왔습니다. 대표적으로는 미등록 차량을 판매한다거나 인신매매나 고리 사채와 같은 것들이 있지요."

"셰콜린스는 처음부터 아이자와회를 이용해서 일본에 자리를 잡으려는 심산이었던 것이군요."

"그렇다고 볼 수도 있어요. 셰콜린스가 막대한 자본을 아이자와회를 통해 풀면서 그들이 시부야 상권을 장악하게 될 수 있던 것이니까요."

"당신의 말을 따르자면 결국 아이자와회는 셰콜린스의 하수인에 불과한 겁니까?"

"아니요, 아이자와회는 정확히 말하자면 세력권이 두 갈래인 특이한 케이스입니다. 아이자와회는 사업을 총괄하고 자금 유동을 조율하는 등의 실무를 담당합니다. 셰콜린스는 자신들이 투자한 자본금에 대한 이익금을 챙기고 조직 내부의 지분을 넣어놓는 조건으로 계속해서 자금을 재투자하게 됩니다. 아이자와회는 셰콜린스의 자금을 유동시켜 주는 대신 자신들의 사업을 펼칠 수 있게 되었고 셰콜린스는 아이자와회가 알아서 피를 묻혀주니 힘든 일 안 하게 되어 좋은 상황이 된 겁니다."

"셰콜린스는 전주, 아이자와회는 얼굴마담, 바지사장이라는 뜻이군요?"

"그래요, 그렇게 이해하면 편하겠군요."

그녀는 이번에 아이자와회의 계보가 바뀔 수도 있다는 정보도 제공해 주었다.

"아이자와회의 보스이자 C&C 그룹의 총괄회장 가토 아이자와가 지금 투병 중에 있습니다. 의료진의 말에 따르자면 길어봐야 일주일, 기적적으로 살아난다고 해도 한 달을 넘기지 못할 것이라고 하더군요."

"그럼 후계 구도는 어떻게 되는 겁니까?"

"원래대로라면 아이자와회의 2인자 다이스케 아다치가 전권을 이임 받아야 합니다만, 이미 다이스케 아다치는 세력을 잃었어요. 자신의 분파로 사사로이 전쟁을 벌였다가 감옥에 들어갔다 나오는 바람에 아이자와 본파에 흡수되고 좌천되고 말았지요. 그래도 이름은 2인자이긴 합니다만 힘을 못 써요. 아마 부회장이라는 타이틀도 그가 쌓아온 명성 때문에 가지고 있는 걸 겁니다."

"그렇다면 이제부터 놈들은 춘추전국시대를 맞이하겠군요."

"서열 3위가 두 명인데, 둘이 감방 동기입니다. 감방에서 의형제를 맺긴 했습니다만, 둘 다 야망이 너무 커서 함께할 수 없는 운명이지요. 지금은 보기만 하면 물어뜯고 싸우기 바쁠 겁니다."

"앞으로 아이자와회는 놈들 중 한 명이 차지하게 된다는 소리군요?"

“우리 경시청에선 현재 그렇게 보고 있습니다.”

“흐음.”

“아무튼 더 자세한 얘기는 청으로 가서 하시죠.”

“그럽시다.”

두 사람을 태운 차가 경시청으로 향한다.

* * *

경시청 형사 제2부장 소우스케 텐조는 한국에서 한 다리 건너 소개를 받았지만 화수에 대해서 상당히 잘 알고 있었다.

그가 일본으로 파병을 와서 도쿄 도 광범위 몬스터 토벌 작전을 펼칠 때 어깨너머로 그 활약을 지켜보았기 때문이다.

이 정도면 아주 깊은 인연이라고 볼 수 있을 정도로 소우스케 텐쵸는 화수에게 관심이 많았다.

소우스케는 자신이 흠모하는 사람을 대하는 것이 조심스러워서 자신의 직속 부하 중에서도 꽤 직위가 있는 사람을 보내주었다.

척!

“부장님, 손님을 모셔왔습니다.”

“그래, 어서 오게.”

화수는 그에게 악수를 건넸다.

“자운대 수렵 사령부 강화수 소령입니다.”

“반갑습니다. 얼굴이 많이 좋아지셨군요.”

“저를 아십니까?”

“예전에 상사 시절에 어깨너머로 몇 번 뵌 적이 있지요.”

“그렇군요. 이것 참 우연입니다.”

“그러게 말입니다. 세상에 인연은 따로 있다고 하더니 정말인 모양입니다.”

소우스케는 아주 사람 좋은 미소를 지으며 물었다.

“오시는 길이 불편하지는 않으셨습니까?”

“안 그래도 비행기 티켓까지 구매해 주셔서 아주 편하게 왔습니다. 이 신세를 도대체 어떻게 갚아야 할지 모르겠습니다.”

“하하, 별말씀을요. 저희 도쿄 도 광범위 몬스터 토벌 작전에서 보여주신 활약만으로도 이미 귀빈이십니다.”

“쑥스럽군요.”

“아무튼 저는 오늘 강화수 소령님께서 일본에 온 것을 신의 계시라고 생각했습니다.”

“계시요?”

“이런 말씀 드리기 좀 뭣합니다만, 미스 레드에게 들었습니다.”

"미스 레드요?"

"일본 국정원 요원들은 외부와의 접촉에서 코드명을 사용하곤 합니다. 신분 노출로 인해 사살을 당할 수도 있거든요."

"아아, 그렇군요."

"단도직입적으로 말씀드리겠습니다. 지금 소령님께서 처하신 상황과 함께 우리 경시청이 처한 상황도 해결할 수 있는 방안이 있습니다."

그는 화수에게 자신이 설계하고 있는 작전에 대해 설명했다.

"이곳으로 오시면서 들었겠지만, C&C 그룹은 엄청난 크기의 야쿠자 집단입니다. 겉으로는 글로벌 기업을 표방하고 있지만 러시아 마피아의 자본을 업은 초대형 폭력 집단이지요."

"흐음."

"우리는 그 C&C 그룹의 총수와 이제까지 큰 거래를 해왔습니다."

"거래요?"

"이 세상에는 필요악이 반드시 존재합니다. 우리는 그 악을 조금이나마 컨트롤하면서 공생 관계를 유지해 온 겁니다."

"공생 관계라……."

설마하니 경시청이 폭력 집단과 거래를 트고 있을 것이라곤 전혀 상상조차 하지 못한 화수다.

그저 작은 점조직이 담당 형사들의 관리를 받는 것이 아니라 아이자와회 같은 기업형 야쿠자들이 경시청과 밀착하여 거래를 하고 있다는 것은 엄청난 일이었다.

소우스케는 자신이 가진 정보를 화수에게 모두 공개함으로써 협조를 구할 생각이다.

"만약 소령님께서 우리 작전에 참여해 주신다면 추후에 아주 좋은 일이 있을 겁니다. 만약 저의 제안을 받아들이신다면 본격적으로 프로젝트를 수정할 생각입니다. 어떻게 하시겠습니까?"

"어떤 작전을 말씀하시는지요?"

"조직의 계보를 바꾸는 작전 말입니다."

"……!"

"저는 소령님의 해결사적 능력을 잘 알고 있습니다. 당신은 몬스터뿐만 아니라 사람과의 전투에서도 큰 힘을 발휘할 것으로 믿습니다."

"음……."

"신분 보장은 철저히 해드릴 겁니다."

경시청이 조직의 계보를 바꾸는 데 성공하면 강남의 소매상인 연합도 충분히 압박할 수 있게 될 것이다.

화수는 결단을 내렸다.

"좋습니다. 그렇게 하시죠. 다만 만약에 인원이 필요하다면 한국에서 충원해 오겠습니다. 가능합니까? 아무래도 한 식구들끼리 일하는 편이 좋을 것 같아서 말입니다."

"그렇게 하시죠."

그는 화수에게 술자리를 제안했다.

"자, 그럼 술이나 한잔하시면서 얘기할까요?"

"그러시죠."

네 사람은 경시청을 나와 시부야로 향했다.

*　　　*　　　*

일본 시부야에 위치한 월성 병원으로 검은색 정장을 입은 사내 여러 명이 몰려왔다.

뚜벅뚜벅!

다급한 그들의 구두 굽 소리가 중환자실을 향해갈 때 그곳을 가득 채우고 있던 사내들이 보인다.

"오셨습니까, 형님!"

"그래, 회장님께선?"

"오늘내일하십니다."

"…큰일이군."

월성 병원은 시부야에서 가장 큰 병원으로 손꼽히지만 야쿠자가 운영하는 대형 병원으로도 유명하다.

시부야의 상권을 틀어쥐고 있는 C&C 그룹의 오너 아이자와회가 월성 병원의 최대주주이며 그 설립자가 바로 아이자와 회장이다.

월성 병원 중환자실 회장 전용 병실에서 주치의가 걸어나왔다.

“선생님, 어떻습니까? 회장님께선 어떻게 되시는 겁니까?”

“최선을 다해보고 있습니다만, 가망이 없다고 봐야 할 것 같습니다.”

“이런……”

“마음의 준비를 하시죠. 나카자와 이사님께선 곧 도착하실 예정이랍니다.”

“알겠습니다.”

C&C 그룹 총괄 이사이자 조직의 3인자 류노스케 하세가와는 쓰린 속을 달래기 위해 담배를 한 대 꼬나물었다.

“불.”

“예, 형님!”

원칙적으로 병원 내에선 금연이지만 이곳 회장 전용실 복도는 술과 담배가 모두 허용된다.

회장이 자주 병원에 드나들던 탓에 조직원들이 이곳을 밥

먹듯이 지키고 서 있었기 때문이다.

한마디로 회장의 부하들이 갖는 특권인 셈이다.

류노스케가 담배를 뻐끔뻐끔 피우고 있는 사이, 머리를 승려처럼 빡빡 민 테츠야 나카자와가 멀리서 달려왔다.

"큰 형님!"

"…일찍도 오는군."

"이런, 큰 형님께선 좀 어떻대?"

"직접 여쭤봐라."

"이 자식, 뭐가 그렇게 까칠하냐? 동기끼리 이러기냐?"

"……."

"큰 형님!"

테츠야는 아주 활발하고 호탕한 성격의 야쿠자였지만 류노스케는 신중하면서도 말수가 그리 많지 않은 사람이었다.

야쿠자의 표상이라 불릴 정도로 걸걸하고 호전적인 테츠야와는 다르게 류노스케는 냉혈한에 스마트함이 줄줄 흐르는 스타일이었다.

성향이 극명하게 다른 두 사람이지만 하는 일과 가는 길이 같아서 잦은 충돌이 있을 수밖에 없었다.

특히나 이번 회장 승계는 두 사람 사이에 큰 장벽을 만드는 계기가 되었다.

류노스케는 테츠야를 대놓고 견제하며 사이를 벌렸지만 테츠야는 그럴수록 살갑게 말을 건넸다.

"밥은 먹고 왔냐?"

"…밥이 목구멍으로 넘어가겠냐?"

"에이, 그래도 사람이 그러면 못 쓴다. 우리 쇼난에선 밥도 못 얻어먹고 다니면 멍청이 소리를 듣는다고."

"난 시부야 토박이다. 시부야에선 안 그러니까 신경 쓰지 마라."

"쌀쌀맞은 자식."

잠시 후, 의료진이 다급한 표정으로 달려왔다.

"비켜요!"

"어, 어라?! 원장 선생?!"

병원장과 각 과의 과장들이 전부 다 총출동한 의료 팀이 수술 복장으로 달려오는 것을 보니 사태가 상당히 심각한 모양이다.

순간, 두 남자의 표정이 딱딱하게 굳었다.

'빌어먹을, 올 것이 오고야 말았군.'

류노스케는 하늘 아래 태양이 두 개일 수가 없다고 생각하는 사람이었지만 테츠야는 달랐다.

경영과 영업을 나누어서 총괄하면 분명 공생할 수 있는 방법이 있다고 생각하는 사람이었다.

성격이 서로 다른 둘은 바라보는 관점 자체가 달라서 같은 길을 갈 수가 없는 처지였다.

그런 두 사람의 곁으로 다이스케 아다치가 다가왔다.

"어이."

"작은 형님 오셨습니까?"

"앞으로 큰일 치를 수도 있는 사람들이 그렇게 축 처져 있으면 쓰나? 다들 어깨 펴고 떳떳하게 기다려."

"예, 작은 형님."

다이스케 아다치는 아주 초연한 표정으로 병실을 바라보고 있었지만 두 사람은 긴장감 때문에 걸음조차 제대로 옮길 수가 없었다.

이제 여차하면 분파가 두 개로 갈라져 전쟁이라도 일어날 판이니 류노스케와 테츠야는 서로의 눈치만 살피고 있을 뿐이다.

잠시 후, 그런 두 사람의 사이를 더욱 불 싸지르는 소리가 들렸다.

"…운명하셨습니다."

"이런 빌어먹을!"

"아이고, 큰 형님!"

"흑흑!"

이제 드디어 두 사람 간의 전쟁이 본격적으로 시작되려는 참이다.

*　　*　　*

토요일 오후, 넙치파 일행은 화수의 급작스러운 소집에 영문을 모르겠다는 표정들이다.

"큰 형님께서 웬 소집을?"

"그것도 휴일에 우리를 불러내시다니, 이번 사태가 심각하긴 심각한 모양이야."

잠시 후, 자운 화학 중앙 회의실로 화수와 임희성이 들어섰다.

임희성은 웅성거림이 가득한 회의실에 들어서자마자 짧게 호통쳤다.

"쉿, 조용! 여기가 무슨 도떼기시장이냐? 뭔 말들이 그렇게 많아?"

"죄송합니다, 형님!"

이윽고 화수는 임희성을 의자에 앉혔다.

"앉아라. 너희들도 임 부장 따라서 다 앉아."

"예, 큰 형님!"

화수는 넙치파 행동대원이자 자운 화학의 영업부원들에게 일본으로의 출장에 대해 설명했다.

"아까 임 부장에게도 말했지만 이번 우리 영업부가 일본으로 건너가게 되었다."

"일본이요?"

"개중에는 일본에서 조금 살다 온 놈들도 있고 자주 왕래를 한 놈들도 있을 것이다. 원래 넙치파가 일본과 꽤 많이 가까웠다면서?"

"예, 큰 형님. 일본에 물건을 주고받는 일이 많았지요."

"그래, 잘되었다. 그렇다면 일본에 가서 적응하지 못하는 일은 없겠군."

"그나저나 형님, 도대체 무슨 일인데 우리가 갑자기 일본으로 가는 겁니까?"

화수는 그들에게 아주 간단명료하게 답변했다.

"시부야를 접수한다."

"어, 어디를요?"

"시부야 말이다. 일본 시부야 몰라?"

"알지요. 하지만 우리가 어떻게 시부야를 접수한단 말입니까?"

"원래의 넙치파였다면 접수할 수 없었겠지. 하지만 너희들은 이제 자운 화학 영업부다. 못 하는 일이 있어선 안 된다."

"그, 그렇다고 해도 시부야는 꽤 구역이 넓고 놈들은 거칠기 이를 데가 없습니다."

"거친 것으로 따지면 우리가 최고 아니야?"

"으음."

화수는 이번 시부야 원정에 꽤 많은 자금을 투입할 예정임을 밝혔다.

"우리는 서울과 인천 등지에서 용역 깡패들을 최대한 많이 섭외해야 한다. 모두들 알다시피 조직 간 전쟁은 쪽수가 많은 쪽이 무조건 유리하다. 그것은 일본이라고 별반 다를 것이 없어."

"시부야를 접수한다는 것이 결국은 조직 간 세력전을 벌이는 일입니까?"

"비슷하다. 하지만 이번 건은 제법 판이 커. 우리가 글로벌 투자 기업을 먹어치우는 것이다. 이번 일만 잘 풀리면 너희들에게 일본계 채권과 한국계 채권, 러시아계 채권이 꽤 떨어질 것으로 보인다. 아마 목숨을 걸고 일을 한 보람이 있을 것이다."

"오오!"

"다만 사람이 다치는 일은 없어야 한다. 모두들 명심해라. 주먹은 써도 칼은 쓰지 마라. 아무리 돈이 좋다고 사람이 죽으면 말짱 허사 아니겠냐?"

"예, 큰 형님!"

화수는 마지막으로 넙치파에게 힘을 실어주었다.

"너희들, 일본 야쿠자와 싸우면 이길 수 있겠냐?"

"그런 원숭이 놈들, 몇 트럭이 덤벼도 이깁니다!"

"만약 맞장 떠서 지면 어쩔 거냐?"

"난지도에서 옷 벗고 춤을 추겠습니다!"

"그래, 좋다! 이건 너희들의 슬로건이다. 나의 슬로건도 별반 다르지 않아. 싸워서 이기지 못하면 안 싸우느니만 못하다. 그러니 반드시 이겨야 한다. 이게 내 신조다. 무슨 말인지 알아듣겠냐?"

"예, 큰 형님!"

화수는 임희성에게 일본 원정에 대한 준비를 지시했다.

"신분 세탁이 된 위조 여권을 소지하고 핸드폰은 모두 대포폰으로 통일한다."

"하지만 형님, 경시청에서 가만히 있을까요?"

"걱정하지 마라. 이번 원정은 경시청에서 먼저 제안한 것이다."

"경시청에서요?"

"이번 우리의 소매상인 연합 사건을 해결할 수 있는 비책으로 이번 시부야 점령 작전을 제시했고, 내가 그것을 수락했다. 우리가 이 난국을 돌파할 수 있는 방법은 이것뿐이야."

임희성은 더 이상 별다른 군소리가 없었다.

"알겠습니다. 준비하겠습니다."

"고맙군."

"별말씀을요."

이제 슬슬 신뢰가 쌓여가는 두 사람이기에 이번 작전은 반드시 성공해야만 한다.

두 사람은 어느 때보다 더 신중한 모습이다.

제4장 야망의 소용돌이

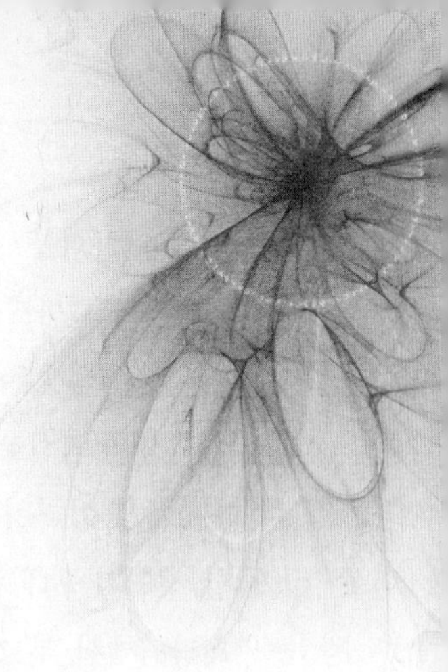

C&C 그룹의 회장이 사망하면서 곧바로 긴급 이사회가 소집되었다.

공석인 회장 자리를 메워야 한다는 것이 이사들의 공통된 입장이었던 것이다.

딸깍, 딸깍.

적막이 가득한 그룹 총 회의실에 테츠야가 자주 사용하는 볼펜 뚜껑이 열렸다 닫히는 소리가 들린다.

류노스케는 그 소리가 미친 듯이 듣기 싫어서 적막을 깨어버리는 편을 택했다.

"긴급 이사회를 소집하셨으면 진행을 하시죠."

"…그럼 그럴까?"

이사회의 의장은 회장임으로 그 다음 서열인 부회장이 이사회 의장을 임시로 맡는 것이 타당하다.

다이스케 아다치는 공석으로 되어 있는 회장 자리를 어떻게 할 것인지에 대해 말했다.

"회장님께서 부고하셨으니 그 자리를 채워야 하는 것이 수순이다. 다들 그렇게 생각하지?"

"예, 부회장님."

"1인자 자리가 오래 비어 있으면 러시아 놈들이 가만히 안 있을 테니 최대한 빨리 결정하는 편이 좋다. 그럼 후보를 정하고 다음 이사회에서 표결에 붙이는 것으로 하지."

그는 회장 후보로 입후보할 사람 두 명을 지명했다.

"이번 투표에 총괄 이사와 영업본부장이 나섰으면 하는데, 다들 어떻게 생각하나?"

"이견 없습니다."

"좋아, 그럼 이렇게 정해놓고 표결에 붙이도록 하지. 다음 이사회까지 다들 후보를 정해서 나올 수 있도록."

"예, 알겠습니다."

다이스케가 자리에서 일어서 나가자 회의장은 또 다른 국면으로 접어들었다.

조직의 원로들이자 이사회의 구성원은 조직의 대들보라고 해도 과언이 아닌 두 사람을 바라보았다.

"험험, 자네들 생각은 어떠한가? 두 사람이 후보로 나서는 것이 옳다고 생각하나?"

"그럼 다른 방책이 있으신지요?"

"내 생각에는……."

테츠야가 다른 방책에 대해 묻자 류노스케가 슬그머니 입을 열었다.

"다른 방책이 있을 리가 있나? 이미 회장님께서 후계를 우리 둘로 좁혀두셨는데 여기서 다른 후계를 거론한다는 것이 말이 되는 소리인가?"

"그, 그건 그렇지."

류노스케의 촌철살인에 나머지 이사진은 입을 다물어 버렸지만 테츠야는 달랐다.

"이 자식, 선배님 계신데 너무한 것 아니냐? 선배님들이 이 조직을 꾸리고 지금까지 이끌어오셨는데 의견쯤은 들어드려도 되는 것 아닌가?"

"내가 뭘 어쨌기에?"

"선배님 말을 중간에서 끊어먹지를 않나, 분위기를 험악하게 만들지를 않나, 꼭 그렇게 해야 하겠냐?"

류노스케는 고개를 가로저으며 자리에서 일어섰다.

"됐다. 이미 작은 형님께서 그렇게 정하셨으니 다음 이사회 때나 다시 보자고."

"…그냥 이렇게 갈 거냐?"

"그럼 뭘 어쩌라고? 무릎 꿇고 석고대죄라도 할까?"

"……."

류노스케는 조직의 원로들에게 꾸벅 고개를 숙였다.

"형님들, 그만 가보겠습니다. 다음 이사회 때 보시죠."

"그, 그러자고."

류노스케가 회의장을 나서자 테츠야가 어색하게 웃으며 말했다.

"저 새끼, 저거 언제 사람 될지 모르겠네. 다들 일어나시죠. 식사나 함께 하시는 것이 어떠십니까?"

"…괜찮네. 분위기가 이런데 무슨 식사 자리를 마련하겠나? 자네의 마음만 받겠네."

그는 깊은 한숨을 내쉬었다.

"후우, 일이 복잡해지겠어."

테츠야는 동생들을 데리고 자리에서 일어섰다.

"어이, 술이나 한잔하자. 어때?"

"좋습니다!"

"그래, 가자!"

그는 동생들을 데리고 자신의 조직에서 운영하는 나이트클

럽으로 향했다.

*　*　*

일본 시부야의 하라주쿠 뒷골목.

"우웨에에에엑!"

거나하게 술에 취한 한 사내가 비틀거리며 골목길 이곳저곳에 토사물을 흩뿌리고 있다.

그는 조직 아이자와회의 중역이었으나, 2인자 다이스케 아다치의 라인에 잘못 섰다가 패가망신한 사람이다.

하라주쿠의 이케다회 두목인 히로유키 이케다는 일찌감치 자신의 모든 조직적 기반을 아이자와회에 헌납하고 스스로 거대 조직에 흡수된 케이스였다.

자신을 낮추고 거물이 된 아이자와 회장의 수하가 되어 한몫 단단히 잡자는 생각에서 벌인 일이다.

그러나 사람의 욕심은 끝이 없는 법, 그는 더 큰 이상을 펼치겠다는 다이스케 아다치를 따라서 거대 조직의 2인자를 꿈꾸었다.

일본 관동의 조직 네 개와 벌인 전쟁에서 거의 다 승리했던 아다치회는 마지막으로 요코하마의 후지와라회에게 패하여 조직력을 모두 잃어버렸다.

그들은 조직의 보조 없이 오로지 자신들 독단으로 일을 벌였기 때문에 스스로 조직력을 헌납하고 자숙하는 조건으로 간신히 목숨만 건질 수 있게 되었다.

만약 그들이 관동 일부를 차지한다는 생각으로 적당히 전쟁을 벌여 군소 조직만 취하였다면 아마도 아이자와회 다음 가는 거물이 되었을 수도 있는 일이다.

하지만 행운의 여신은 그들의 손을 들어주지 않았다.

쾅!

"빌어먹을! 나보다 더 어린 햇병아리들이 조직의 수장이 될 것이라니, 미쳐 버리겠군!"

자신보다 무려 5년이나 아래인 서열 3위들이 조직의 차기 회장으로 거론된다는 것은 그에게 있어선 죽기보다 더 힘든 일이었다.

그는 이제 슬슬 야쿠자 세계에서 물러나 외가가 있는 아사히가와로 돌아갈 생각을 하고 있었다.

"후우, 그래, 전쟁에서 패배한 자가 무슨 할 말이 있겠나? 외가에서 물고기가 잡으면서 살아야지."

몬스터들의 기승이 한창이던 시절의 아사히가와는 전철조차 운행이 불가능했지만 미군과 한국군의 도움으로 지금은 어업이 꽤나 활성화된 상태였다.

사람이 죽으라는 법은 없다는 말이 있듯이 그는 야쿠자 생활 대신 어려서부터 외조부에게 배운 어업으로 생계를 꾸려 나갈 생각이다.

아무런 표정도 없이 골목길을 거니는 그에게 한 사내가 다가왔다.

"어이, 이케다!"

"……?"

"잘 지냈나?"

이케다는 자신을 찾아온 사내를 바라보았다.

"…요시다?"

"어떻게 지냈나? 듣자 하니 관동 지방 점령에 실패한 후 조용히 숨어 지낸다고 하던데."

"보이는 그대로다. 나는 패배자야."

카케루 요시다는 히로유키의 20대를 함께한, 악연이자 조금 특별한 인연이라고 할 수 있다.

그는 히로유키의 숙적으로서 하라주쿠에서 매번 전쟁을 일으키던 야쿠자인데 지금은 사업가로 변신에 성공했다.

그러나 항간에 들리는 소문에 의하면 다시 야쿠자 세계에 발을 들이려 한다는 얘기가 심심치 않게 들려오고 있었다.

"술이나 한잔 더 하지. 자네에게 긴히 할 말이 있어."

"…나에게? 왜, 칼이라도 한 방 놓으려고?"

"하하! 요즘에 누가 칼로 사업하나? 우리가 무슨 막부시대

냥인들인가?"

"그럼 뭐야? 지금에 와서 나를 찾아온 이유가 있을 것 아닌가?"

"사람 참 성질 급한 것은 여전하군. 천천히 얘기를 들어보게. 아마 자네에게도 그리 나쁘지만은 않은 얘기일 거야."

"……?"

"출셋길이 막힌 야쿠자가 어떻게 되는지 나는 잘 알고 있어. 그건 자네도 마찬가지 아닌가?"

"나를 출세시켜 주기라도 하겠다는 소리인가?"

"비슷해."

"말도 안 되는 소리."

"말이 되는지 안 되는지는 한번 들어보고 결정하게."

카케루 요시다는 워낙 언변이 좋은 사람이라서 그의 말을 믿기가 힘들지만, 그렇다고 지금 저 제안을 받지 않기엔 히로유키의 마음이 너무 간절했다.

그의 출세욕은 여전히 가슴속 깊은 곳에 자리 잡고 있었던 것이다.

"…가지. 우리 집에서 한잔하자고."

"그래, 그래야 자네답지."

두 사람은 하라주쿠의 오피스텔로 향했다.

*　*　*

아스라이 해무가 짙게 낀 평택항 인근.

솨아!

대한민국 육군이 서부 해안을 점령하면서 얻은 항구는 총 네 개로, 이 중에는 서해안의 무역 거점 세 개가 포함되어 있다.

지금 서부 해안의 모든 항구에는 육, 해군이 주둔하고 있어 무역상이나 군인이 아니면 출입이 통제되는 상태이다.

아직까지 몬스터의 위협이 남아 있는 상황에서 군사 활동을 하지 못하게 되어버려 안전을 장담할 수 없기 때문이다.

부아아아앙!

묵직한 군용 장갑차가 달려와 평택항의 제1초소 앞에 멈추어 섰다.

척!

"충성! 직책과 용무를 말씀해 주십시오!"

"자운대 수렵 사령부 예하 야차 중대 이예진 중사다. 평택항에서 밀수가 이뤄졌다는 신고를 받고 왔다."

"미, 밀수라면……."

"자세한 것은 기밀이다. 중대장님을 만나야겠다. 연결해라."

병사는 그녀의 명령을 단칼에 잘라냈다.

"안 됩니다. 중대장님께서 외부인은 들이지 말라고 말씀하셨습니다."

"…첩보 때문에 왔다고 말했잖나. 부대장을 연결해!"

"안 됩니다."

"그냥 전화만 연결해 주면 된다."

병사는 어쩔 수 없이 전화를 돌렸다.

"충성! 중대장님, 자운대에서 사람이 찾아왔습니다!"

—…내가 자는데 건드리지 말랬지? 계급이 뭐야?

"중사……."

—이런 씨발, 내가 중사 나부랭이 때문에 근무 취침을 방해받아야겠어?!

"죄, 죄송합니다!"

—잡아서 족치기 전에 그냥 꺼지라고 전해!

뚝!

그대로 전화를 끊어버린 중대장 때문에 병사는 난처한 표정을 지었다.

"…들으셨습니까?"

"……."

바로 그때, 군용차의 문이 열리며 김예린이 내렸다.

쾅!

"…중대장 이름이 뭐야?"

"누, 누구십니까?"

"네가 이름 물어볼 짬밥 아니니까 그냥 대답이나 해."

"최필준……."

"최필준이라… 혹시 육사 출신인가?"

"예, 그렇습니다."

"그래? 필준이가 이곳의 책임자야?"

"……?"

"육사 후배를 이곳에서 만나다니, 우연이군."

김예린은 전화기를 들어 병사에게 건넸다.

"최필준 대위를 연결해라."

"아까 들으시지 않습니까? 한 번만 더 연결하면 저는 정말 죽습니다."

"김예린 대위라고 전해. 내가 다 알아서 한다."

병사는 죽을상이 되어 다시 전화를 걸었다.

"주, 중대장님."

—…이런, 씨발! 또 무슨 일이냐?

"김예린 대위라고 전해."

"김예린 대위님께서 오셨습니다. 지금 중대장님을 연결하라고……."

—누, 누구?

"김예린 대위님이시랍니다."

—기, 김예린 대위? 혹시 육사…….

"예, 그런 것 같습니다."

—알겠다! 1분 안에…….

김예린은 심드렁한 표정으로 읊조리듯 말했다.

"최필준이, 요즘 군대가 많이 편해지긴 했나 봐? 우리 때엔 선배가 부르면 10초 안에 튀어나왔는데 말이야."

—그, 금방 가겠습니다!

다급하게 전화를 끊은 최필준은 정말로 10초 안에 내무실에서 튀어나와 김예린의 앞으로 달려왔다.

처억!

"충서어엉!"

그녀는 최필준을 보자마자 군화로 하이킥을 날렸다.

퍼억!

"크허억!"

"일어나. 한 대 맞았다고 넘어지지? 감을 잃었어?"

"죄, 죄송합니다!"

"이런 개새… 지금이 몇 시야? 아직도 중대 본부에 앉아서 처놀고 있지?"

"죄송합니다!"

평택항에는 총 15개의 소초가 있는데, 각 소초는 1개 중대가 네 개의 포진과 기관총 진지를 총괄하게 된다.

최필준은 방금 전까지 평택 임시 연대의 당직사령으로 철야 근무를 서다가 잠시 눈을 붙인 상태였다.

까치집을 지은 머리에 눈곱까지 끼어 있어 아주 꾀죄죄한 몰골이다.

"어이, 최필준이."

"대위 최.필.준!"

"요즘 내가 없다고 아주 한가하지? 네 2년 선배부터 직속 라인까지 싹 다 잡아다 족쳐줘?"

"아, 아닙니다!"

아무리 육사의 군기가 세다곤 해도 원래 이 정도까진 아니었다. 하지만 국가가 몬스터로 인해 준전시에 해당하는 사태까지 직면하자 육사의 풍토도 180도로 바뀌고 말았다.

선, 후배와의 관계는 거의 칼과 같으며 위계질서를 어기면 가차 없는 린치가 가해졌다.

김예린은 육사생도 중에서도 위계질서와 군기에 유난히도 민감한 사람이었다.

그녀는 육사를 졸업하고 특수부대에 복무하는 동안에도 이렇게 장교들 군기를 잡고 다녔다.

특히나 겉멋만 잔뜩 들어서 이죽대는 장교들은 그녀의 아주 좋은 먹잇감이었다.

최필준은 오랜만에 만난 김예린 앞에서 어쩔 줄을 몰라 식은땀을 줄줄 빼고 있다.

"어이, 최필준이."

"대위, 최.필.준!"

"한 번만 더 마음에 안 들게 굴면 육사 라인 전부 다 집합이야. 알아듣나?"

"예!"

"하여간 요즘에 육사 나왔다고 깝죽거리고 다니면 다 뒈진다. 내 말 무슨 말인지 알아듣지?"

"아, 알겠습니다!"

그녀는 차량에 탑승하고 있는 이예진 중사에게 손을 내밀었다.

"이예진 중사, 우리가 가지고 온 파일 좀 줘요."

"네, 부중대장님."

이예진이 건넨 파일에는 CCTV의 것으로 보이는 사진이 몇 장 들어 있었다.

사진에는 컨테이너를 적재한 트레일러들이 들어 있었는데, 톨게이트를 빠져나가는 상황이다.

그녀는 사진들을 건네며 말했다.

"평택항을 전부 다 뒤집어엎어서라도 찾아라."

"이, 이것들은……."

"밀수범이라고 말했잖아. 어이, 최필준이."

"대, 대위 최.필.준!"

"자꾸 어리바리하지? 죽고 싶어?"

"아닙니다! 절대 아닙니다!"

"좋아, 10분 준다. 10분 내로 이 물건들을 찾아와. 만약 찾아오지 못하면 그냥 전역하는 편이 좋을 거야. 시간이 초과되면 나에게 1초에 열 대씩 처맞을 거니까. 만약 못 찾으면… 알아서 상상해."

최필준은 그녀에게 우선 거수경례를 올렸다.

"충성! 반드시 찾아오겠습니다!"

"그래, 그래야지."

그녀는 최필준에게 자신들이 기거할 곳을 일러주었다.

"우리는 평택항 선착장에서 기다리고 있겠다. 10분이다. 단 1초이라도 늦으면 다 죽는 거야."

"예, 알겠습니다!"

최필준의 중대가 일사불란하게 흩어져 수색을 시작했다.

"죄다 불러들여! 지금부터 우리는 최소한의 병력만 남겨두고 수색을 실시한다!"

"예, 알겠습니다!"

최필준과 그의 중대가 허둥지둥하는 것을 지켜보며 느긋하게 앉아 휴식을 취하는 김예린이다.

"후우, 그럼 좀 쉬어볼까? 두 사람도 모두 앉아서 쉬시죠?"

이예진 중사와 함께 평택 조사에 참여한 백성희 중사는 그녀의 악랄한 카리스마에 혀를 내둘렀다.

"겉보기완 다르시네요. 아주 악독한 선배 같은데요?"

"맞아요. 악독한 선배입니다. 하지만 이렇게 하지 않으면 자기들이 장교랍시고 프라이드만 내세우게 되지요. 시도 때도 없이 굴려야 말을 잘 듣습니다."

"뭐, 그건 맞는 소리죠."

"그나저나 최지하 상사가 이곳에 있었다면 저놈이 죽었을 텐데, 두 사람이 너무 착한 것 아닙니까?"

"후후, 그런가요?"

그녀들은 지금까지 서해안을 이 잡듯이 뒤졌지만 여전히 밀수선에 대한 정보는 얻을 수 없었다.

해군에 협조까지 요청한 마당에 단서 하나 잡을 수 없던 그녀들이지만, 우연히 새로 개통한 대전, 평택 간 고속도로의 CCTV에서 실마리를 잡았다.

대전, 평택 간 고속도로는 물류 중심지인 대전에서 서부 해안 최대 항구인 평택 국제항을 연결하기 위해 만든 고속도로이다.

이곳은 몬스터들의 기승으로 2001년에 준공하여 최근까지 사용하지 못하다가 보병의 진군으로 인해 다시 수복한 요충지였다.

그녀들은 이곳의 CCTV를 무작정 다 뒤져보다가 과적 단속에 걸린 트레일러 한 대를 발견했다.

트레일러에는 녹색 피가 낭자해 있었고, 그녀들은 이것이 바로 밀수선으로 향하는 차라는 것을 확신했다.

차량을 추적하여 도착한 곳은 평택이었고, 우연히도 김예린의 육사 후배가 이곳의 소초장으로 있던 것이다.

"아무튼 운이 좋았습니다. 설마하니 육사 후배 최필준이가 이곳에 있었다니 우연도 이런 우연이 없군요."

"그러게 말입니다."

잠시 후, 수색 10분이 채 지나지 않아 최필준이 달려왔다.

"충성! 선배님, 찾았습니다!"

"찾았어? 어디에 있어?"

"이미 항구를 빠져나갔습니다!"

"……."

순간, 주변에 정적이 흐른다.

아주 해맑게 웃으며 '나, 잘했죠?'라는 표정을 짓고 있던 최필준은 어디서부터인가 잘못되었다는 것을 본능적으로 깨달았다.

꿀꺽!

마른침이 저절로 넘어가게 만드는 김예린의 카리스마는 동료들조차 숨을 쉬지 못할 지경이다.

"그, 그럼 우리는 차에 들어가 있을게요."

"그러시죠."

말을 맺은 그녀는 최필준에게 손가락으로 따라오라는 표시를 했다.

까딱까딱.

최필준은 죽을상을 한 채 그녀를 뒤따랐다.

'이런, 씨발! 어쩐지 꿈자리가 뒤숭숭하다 했더니…….'

그녀는 좌우로 목을 비틀며 몸을 풀었다.

뚜둑, 뚜둑!

"어후, 요즘 좀이 쑤시던 차인데 잘되었어."

"……."

한동안 김예린이라는 이름을 잊고 살아온 최필준은 그날 복날의 개 맞듯이 쥐어 터졌다.

* * *

평택항 제5항구 중앙관제 센터에 눈두덩이가 퉁퉁 부어서 실눈을 뜨고 있는 최필준이 들어섰다.

그는 관제 센터에서 군무하는 병사들에게 자신이 확보한 CCTV 화면을 재생시키도록 했다.

"그 영상을 틀어주게."

"예, 중대장님."

최필준을 따라서 들어온 김예린과 동료들은 야차 중대의 표식이 달린 컨테이너가 적재되는 것을 CCTV로 확인했다.

"맞습니다. 저게 확실해요."

"으음, 저것들이 어떻게 해서 이곳까지 올 수 있었던 것이지?"

최필준은 그녀들에게 출입 일지를 보여주며 말했다.

"이놈들은 수렵 사령부의 신분증을 무단 복제하여 사용했습니다. 아무래도 누군가 신분증을 빼돌려 사진만 바꾸어놓은 것으로 보입니다."

"흐음."

검문소에는 신분증의 바코드를 인식하는 기기만 있을 뿐 사진까지 확인하는 컴퓨터가 없다.

아마 놈들은 이런 취약점을 잘 알고 있는 내부자와 연결되어 있는 모양이다.

"이 새끼들, 군에 끄나풀이 있는 모양인데?"

"설마하니 수렵 사령부의 ID 카드를 빼돌릴 줄이야. 꿈에도 상상하지 못했습니다."

"쥐새끼 같은 놈들, 군부의 물을 흐리고 있어요."

김예린은 해당 선박의 항로와 출항 일지를 확인해 보기로 했다.

"이놈들, 어디로 출항한다고 했나?"

"출항 일지에는 베트남으로 간다고 되어 있습니다."

"베트남이라……."

대전의 톨게이트 네 곳을 이용해서 산개한 상태로 빠져나간 트레일러들은 이곳에서 다시 한데 모여 배를 타고 베트남으로 빠져나갔다.

이제 이 선박 하나만 붙잡으면 수하물과 함께 놈들의 배후까지 철저히 캐낼 수 있을 것이다.

"베트남으로 갑시다."

"예, 알겠습니다. 지금 당장 전술 비행기를 띄우겠습니다."

김예린은 화수 대신 병력을 이끌고 베트남으로 향했다.

* * *

9월 초순, 국회 본회의가 최종적으로 탄핵안 발의를 비준하는 사태가 벌어졌다.

매번 크고 작은 의견 차이로 충돌하던 국회가 이렇게 갑작스럽게 단합되는 것은 정치 평론가들에겐 대통령 몰아내기로밖에 보이지 않았다.

국회의 의견이 탄핵안을 발의하는 데 동의했으니 비평가들의 손가락질은 씨알도 먹히지 않았다.

이제부터 대통령은 탄핵이라는 고난의 가시밭길을 걷는 일만 남은 셈이다.

지상파 방송은 물론이고 케이블 방송국까지 모두 다 총출동한 탄핵안 주제 대국민 질의 심사장에 불이 켜졌다.

찰칵, 찰칵!

기자들은 질의 심사장의 전경을 사진기에 담기 바빴으며, 방송국 중계차는 현장의 분위기를 영상으로 고스란히 담았다.

잠시 후, 대국민 질의가 시작된다는 안내 방송이 나왔다.

"5분 후에 대국민 질의를 시작합니다. 모두들 자리에 앉아 주시기 바랍니다."

대국민 질의는 방청객 1,500명 중에서 무작위로 질의자를 뽑아서 대통령에게 질문하고 그가 답변하는 형식이다.

대중의 생각이 어떤지 가장 잘 알 수 있는 방법이 바로 대국민 질의이기 때문에 굳이 탄핵 때문이 아니라도 한 번쯤은 시행하는 것이 옳다고 말하는 사람이 대부분이다.

대통령 한명희가 식장 내에 모습을 드러냈다.

찰칵, 찰칵!

쏟아지는 플래시 세례를 받으며 나타난 한명희는 흰색 저고리를 입은 채 고개를 숙였다.

사람들은 그가 백색 저고리를 입은 것이 사죄의 의미라는 것을 어렵지 않게 알 수 있었다.

CBS 보도국장 여운일은 이곳에 온 기자들과 함께 기사에 쓸 정보를 정리하는 중이다.

기자들이 여운일에게 한명회의 복색에 대해 물었다.

"백의종군을 하겠다는 뜻이겠지요?"

"그렇다고 봐야지. 일이 어찌 되었건 간에 탄핵안이 올라왔다는 것은 대통령으로서 실책이 크다는 일이니까."

"하여간 아이디어 하나는 끝내주는 사람입니다. 저런 사람이 왜 물타기 정치를 한 것일까요?"

"그거야 모르지. 뭔가 한 방을 숨기고 있는 것인지."

"한 방?"

"한번 두고 보자고. 앞으로 어떻게 되는지 말이야."

여운일은 정치적인 성향이 거의 0에 가까운 사람으로서 아주 객관적으로 한명회를 바라보는 저널리스트였다.

그가 보기에 한명회는 뭔가 자신이 품은 큰 뜻을 이루기 위하여 끝까지 고개를 숙이고 몸을 웅크리고 있는 것 같았다.

'저 쇼맨십도 추후의 행보에 뭔가 안배를 두기 위함이겠지?'

워낙 정치판에서 오래 굴러먹은 한명회이기에 발자국 하나에도 뭔가 큰 뜻이 있겠거니 생각하는 여운일이다.

물론 정작 본인이 무슨 생각을 하고 있는지는 본인만 알고 있을 것이다.

"지금부터 대국민 질의를 시작하겠습니다. 국민 여러분께선 자신의 자리에 붙어 있는 번호표를 다시 한 번 확인해 주시기 바랍니다."

무작위로 추첨되는 번호는 사람들이 앉은 좌석에 붙어 있기 때문에 그것을 잘 숙지해야 진행에 어려움이 없을 것이다.

잠시 후, 사회자가 본격적으로 질의를 시작했다.

"이제 추첨을 시작하도록 하겠습니다. 1부터 1,500까지의 숫자 중에서 하나씩 뽑아 질의자를 선정하겠습니다."

그는 동그란 작은 공이 들어 있는 유리관 안에 바람을 불어넣어 공들이 서로 섞이도록 했다.

휘이이이잉!

작은 공 중에서 바람에 밀려 나온 하나가 바닥에 떨어져 내렸다.

딸랑!

"453번, 453번 어디 계시지요?"

"여기 있습니다!"

손을 든 사람은 30대 중반의 청년이었다.

"번호를 확인했습니다. 질의를 시작해 주시지요."

청년은 자신이 준비해 온 종이를 펼쳐 질의를 시작했다.

"대통령님께 묻겠습니다. 현재 가장 큰 문제 중에 하나가 바로 국토의 황폐화입니다. 하지만 현 정부는 그에 대해 제대로 대처하지 못하고 있습니다. 이에 대해 어떻게 생각하시는지요?"

질문이 끝나자 한명희는 곧바로 마이크를 들었다.

"으음, 국토의 황폐화라… 제가 대통령으로 당선된 후 가장 크게 고심하고 끝도 없이 다룬 안건입니다. 국토의 황폐화를 해결하기 위하여 잃어버린 도심과 상권을 수복하는 데 전력을 다했습니다만 역시 역부족이었습니다. 그래서 우리 정부는 군부를 전진시켜 잃어버린 국토를 회복하는 국가 총력전을 펼쳤습니다. 비록 이것이 정부의 독단적인 선택이었다곤 해도 현 시점에서 본다면 가장 필요한 처사라고 생각합니다. 이는 쿠데타나 억압적 거병이 아니고 국토의 황폐화를 근절시키는 가장 좋은 방법입니다."

"그렇다면 지금의 거병은 오로지 국토를 수복하기 위함이라는 뜻입니까?"

"국토를 수복하고 범 아시아적 몬스터 수렵 체계를 확보하기 위한 노력입니다. 우리 한국은 세계적으로도 아주 수준 높은 수렵 실력을 가지고 있습니다. 하지만 다른 나라에 지원이나 해주고 있을 뿐이지, 정작 자국의 실정은 제대로 다스리지 못하고 있습니다. 그리하여 저와 우리 정부는 그 실정을 바로 잡고 국민들이 다시 삼천리금수강산을 되찾도록 결단을 내린 겁니다."

한명희의 거침없는 발언이 이어진 후 질의를 끝내겠다는 의사가 나왔다.

"이상입니다."

"질문 감사합니다."

잠시 후, 사회자가 그다음 질의자를 지목하는 추첨을 시작했다.

"자, 그럼 다음 질의자를 뽑도록 하겠습니다. 한 번 나온 질문은 다시 질의할 수 없습니다. 그 점을 꼭 숙지하고 질의하시기 바랍니다."

사회자의 추첨이 끝나자마자 한 소녀가 자리에서 일어섰다.

"대통령님, 저는 한국예술고등학교에서 발레를 전공하고 있는 고등학교 2학년 이세리라고 합니다."

"네, 그래요. 세리 양, 질의하시죠."

"제가 듣기론 몬스터 부산물에 대한 취급 방침을 바꾸어 국방부의 직속 취급 회사로 바꾸었다고 하던데, 이건 무슨 의중인지요? 혹시라도 부산물을 마음대로 빼돌리려는 술수 아닙니까?"

한명희는 저런 어린 소녀에게서 '술수'라는 말이 나와 깜짝 놀라 눈을 동그랗게 뜨고 말았다. 하지만 그는 이내 평정심을 되찾았다.

"하하, 보기에 따라선 그럴 수도 있습니다. 하지만 이것은 대기업 독과점 형식인 몬스터 부산물 취급에 대한 법률을 최대한 완화하여 서민들에게 유리한 법안으로 바꾸려는 것입니다. 몬스터의 부산물을 취급하는 회사는 한정적인데, 이들이 중간에서 마진을 너무 많이 챙겨 코어나 가죽 등이 거의 폭리 수준으로 비싸게 팔립니다. 이상대로라면 군에서 생산한 코어를 일반 가정집에 아주 싼값에 보급하여 전기 걱정이 없어야 하는데 현실은 그렇지 못합니다. 추위에 떨어 연탄도 제대로 못 때는 집이 허다하고 여름이면 폭염으로 사람이 마구 죽어 나갑니다. 이런 상황에서도 대기업들이 태도를 바꾸지 않는다면 당연히 칼을 대야 합니다. 정부는 몇 번이고 가격 조정 권고 조치를 내렸습니다. 하지만 행정부와 사법부의 정책 노선 사이에서 생기는 괴리감 때문에 제대로 단속조차 못 했지요. 물론 대기업에선 반성의 기미를 보이지도 않았고요. 그래서 저는 대통령직을 내걸고 몬스터 코어 취급에 대한 법률을 개선하기로 한 겁니다."

"하지만 그렇다고 하기엔 자운 화학이라는 회사가 정부와 손을 잡고 있어서 무리가 있는 것 아닙니까?"

"그래요, 자운 화학도 영리회사입니다. 또한 정부와 첨예하게 엮여 있는 회사이기도 하지요. 하지만 분명한 것은 자운 화학에서 코어를 공급하기로 한 기준가가 현재의 1/20에도 못 미친다는 겁니다."

생전 처음 들어보는 소리에 장내가 조금씩 술렁이기 시작한다.

바로 그때, MC를 맡고 있던 최범수가 자신이 직접 준비한 VCR을 프로젝터에 띄웠다.

딸깍!

시기적절하게 나온 자운 화학의 출고 현황과 실재 현물로 촬영된 계약서를 프로젝터에 띄우자 국민들이 크게 흥분하기 시작했다.

"오오, 정말이었군!"

"대기업 개자식들, 저렇게 저렴하게 공급할 수 있는데 지금까지 그렇게 하지 않은 거야?!"

"중간에서 처먹는 것이 많은데 제 가격에 나왔을 리가 없지!"

이때를 이용하여 한명희는 아예 못을 박았다.

"이제 아시겠습니까? 이제 바로 현실입니다. 자운 화학은 오로지 코어와 부산물의 단가를 낮추기 위해 불철주야 일하는 사람들입니다. 물론 영리를 위해 영업 전략을 바꿀 수도 있습니다. 하지만 현재 그들에게 넘어가 있는 몬스터 부산물 취급에 대한 권리는 곧 일반인에게로 확대될 겁니다."

그는 자신이 가지고 있는 가장 큰 현안 중의 하나인 '몬스터 마켓'에 대한 안건을 천천히 풀어서 설명하기 시작했다.

"모두들 잘 아실 겁니다. 법원 경매인 오토마트나 하우스 마트가 이미 정착되어 있습니다. 이는 특별한 자격이 없는 한 차와 집이 필요한 사람들이 저렴한 가격에 원하는 물건을 구할 수 있게 하기 위한 서민 경매입니다. 우리 정부가 구상하고 있는 몬스터 마트 역시 마찬가지입니다. 서민들이 필요한 물건을 경매에서 구매하여 집을 수리하거나 짓는 데 사용하고 코어로 전기를 얻습니다. 이런 물건들은 어떻게 경매에 나오느냐, 그것은 바로 군부에서 사냥한 몬스터의 시체를 국가 공인 자격증을 가진 몬스터 도축업자들이 세공업자에게 도축비를 받고 넘깁니다. 그렇게 되면 세공업자들은 몬스터의 부산물들을 세공하고 그에 따른 국가 기준 등급에 맞춰 시장에 내놓습니다. 그럼 이것을 몬스터 마켓에 올리고 시민들이 입찰에 참여하는 겁니다. 상한가와 하한가는 공인 경매사들이 유동적으로 조종하며, 모든 것은 검경에서 철저히 관리합니다. 그렇게 되면 지금과 같은 폭리는 절대로 취할 수 없습니다. 물론 사재기, 시가 조작과 같은 위법도 엄금합니다. 이렇게 하면 정경유착, 비리, 암거래 역시 단절되겠지요."

한명희의 설명에 국민들은 어느새 빠져들어 그의 의견을 지지하기 시작했다.

"진작 그런 정책을 펼치지 그랬냐?!"

"맞다!"

"정책은 예전부터 구상하고 발의했습니다만, 여건이 맞지 않았습니다. 하지만 이제는 다릅니다. 모든 조건이 갖추어졌고 국민 여러분이 직접 나서서 잘못된 부분을 바로잡아 주실 때입니다. 모든 대기업이 잘못한 것은 아닙니다. 극소수의 대기업이 모든 것을 독식하고 있기에 선량한 기업들까지 피해를 보는 겁니다. 국민 여러분, 이런 사회가 과연 미래가 있다고 보십니까? 제가 보기엔 아닙니다. 부정부패를 타파하고 각종 비리를 근절하는 것만이 우리의 미래를 보장하는 일입니다!"

"와아아아아아!"

여운일은 슬그머니 미소를 지었다.

'역시 한명희는 스타성이 있다. 저런 사람이 대통령을 해주면 우리로선 땡큐지.'

신문사는 스타들의 일거수일투족으로 인해 먹고사는 기업이기도 하다.

그 스타는 정계, 재계, 연예계, 스포츠계 등 여러 분야에서 사고를 쳐주기 때문에 신문사가 여전히 버티고 있는 것이다.

여운일은 이번에도 역시 아주 좋은 기삿거리를 제공해 준 한명희가 사랑스럽기까지 했다.

"앞으로 무슨 일이 벌어질지 정말로 기대가 되는군."

"역시 저력이 있습니다. 국장님의 말씀처럼 한 방이 있는 사람이네요."

"저 사람은 아마도 이런 그림을 그리고 지금까지 그 수많은 욕을 먹어온 것이겠지. 대단하다고 볼 수도 있겠어."

그는 처음으로 정치인에게 칭찬을 해주었다.

"지금 당장 기사 올려. 대기업들의 횡포에 맞선 진짜 대통령이라고."

"예, 국장님!"

"아 참, 그리고 우리 계열의 인터넷 포털사이트 기사란 있지?"

"그렇지요."

"그곳에는 적절히 대통령을 폄하하는 기사를 올려줘. 그래야 뭔가 붐이 일어나지."

"예, 알겠습니다."

여운일은 자신 역시 인터넷과 신문사에 올릴 기사를 작성하기 시작했다.

[슈퍼 히어로 대통령!]

[소신 발언, 과연 대세를 바꿀 수 있을 것인가?!]"

[말발로 먹고사는 대통령, 신 봉이 김선달?]

제5장

야망의 소용돌이-2

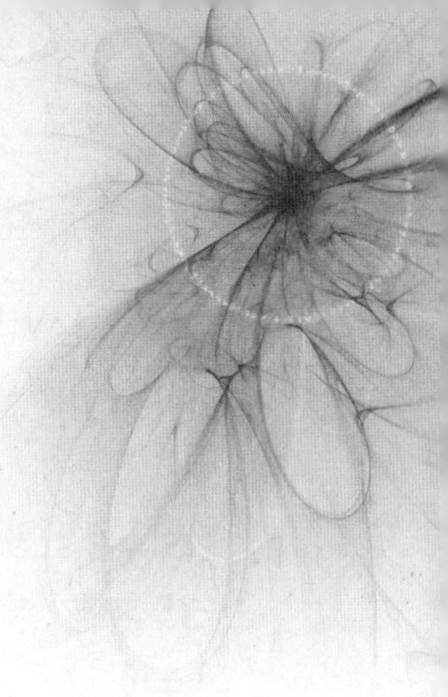

이른 새벽, 다이스케 아다치의 소유로 되어 있는 고급 유흥 클럽으로 날카로운 인상의 사내 둘이 들어섰다.

빰빠바밤~

유흥 클럽의 낮고 인상적인 음악이 두 사내의 귓전을 맴돈다.

"이게 클럽이야, 유흥 주점이야?"

"나도 잘 몰라."

"하긴, 우리 같은 촌놈이 뭘 알겠어."

두 사내는 몸매가 훤히 다 드러나는 원피스를 입은 여성과 마주했다.

"두 분이세요?"

"아니, 우리는 놀러 온 사람들이 아닙니다."

"네?"

"다이스케 선생을 찾아왔습니다."

순간, 그녀가 딱딱하게 굳은 얼굴로 말했다.

"…누구시죠?"

"이런 사람이 보냈다고 해주십시오."

그녀는 사내가 건넨 명함을 쭉 훑어보곤 그들의 얼굴을 함께 번갈아 보았다.

"YC컴퍼니? 이게 뭐 하는 회사인데요?"

"인천의 야차파라고, 한국의 건달들이 운영하는 회사입니다. 합법적으로 설립되었습니다만, 하는 일은 당신들과 별반 다를 것이 없죠."

"야차파라… 처음 들어보는 이름인데."

"신원 보증을 해줄 사람들이 있습니다."

그는 누군가의 자필로 되어 있는 쪽지를 한 장 건넸는데, 그 쪽지 안에는 손바닥이 그대로 다 나온 지장이 찍혀 있었다.

아주 정성스럽게 눌러서 찍은 지장 옆에는 '이케다'와 '요시다'라는 이름이 나란히 적혀 있었다.

"히로유키 상?"

"맞습니다. 이케다 선생께서 보내신 겁니다."

그녀는 그제야 두 사내를 클럽 안쪽으로 안내했다.

"이쪽으로 오세요. 부회장님께선 지금 휴식을 취하고 계시니 너무 신경을 건드리지 않았으면 해요."

"물론입니다."

여자를 따라서 클럽 안으로 들어선 두 사내의 시선이 다이스케 아다치의 얼굴에 머물렀다.

그는 양쪽에 미녀 두 명을 끼워놓고 자기 마음대로 젖가슴을 주물러 대고 있었다.

물컹!

"…뭐야? 무슨 일인데 이 시간에 나를 찾아왔나?"

"아다치 선생님?"

"그러네만?"

"반갑습니다. 저희는 한국에서 온 야차파입니다."

"야차파? 어디서 활동하는 사람들인가?"

"인천입니다."

"으음, 인천이라면 송정파와 연안파가 유명하지 않나? 야차파라는 조직도 있어?"

"신생 조직입니다. 얼마 전에 대전에서 올라온 필승파가 넙치파를 장악하면서 생겼지요."

"아아, 넙치파! 넙치파도 꽤 전통이 있는 것으로 아는데 어떻게 장악했다는 거지?"

"완력으로 안 되는 일도 있습니까?"

"후후, 그건 그렇지."

"역시 통하는 면이 있군요."

"당연하지 않나? 건달이나 야쿠자나 암흑가에서 굴러먹는 것은 마찬가지이니."

다이스케는 두 청년에게 찾아온 용건에 대해 물었다.

"그나저나 이 퇴물인 야쿠자를 찾아온 이유가 뭔가?"

두 사내는 다이스케 아다치에게 한 가지 제안을 했다.

"선생께서 저희들을 밀어주십시오."

"…뭐라? 뭘 어쩌라고?"

"저희들을 선생님의 후계자로 밀어주신다면 저희가 선생님의 세력이 되어드리겠습니다."

순간, 그의 표정에 불편한 당혹감이 스쳤다.

"지금 나를 가지고 장난하는 건가?"

"그럴 리가 있습니까? 저희들은 지금 일본으로 진출할 기회를 노리는 조폭입니다. 하지만 역시나 타이틀을 찾기가 쉽지 않습니다. 그렇지만 이 바닥에서 타이틀은 정말로 중요한 것 같더군요. 어정쩡한 타이틀로 시부야에 들어왔다가 참패한 조직이 한둘이 아닙니다."

“뭐, 그건 그렇지.”

“선생님 정도의 타이틀이라면 해볼 만합니다. 조직력도 충분하고 자금력도 충분하지만 타이틀이 없던 것이지, 이름만 내어주신다면 시부야를 드리겠습니다.”

“후후, 배포가 크군.”

“배포가 커야 장사를 할 수 있지 않겠습니까?”

다이스케는 그들에게 소개장에 대해 물었다.

“아까 들어보니 이케다, 요시다와 잘 아는 사이 같던데, 무슨 사이인가?”

“협력적 관계라고 할 수 있습니다. 히로유키 이케다 사장이 아다치 선생님의 임시 후계자였다고 들었습니다. 그래서 먼저 접근을 한 것이지요.”

“내가 그놈들의 이름을 내밀면 만나줄 것이라는 사실을 알고 있던 것이군.”

“아픈 손가락도 손가락이니 반드시 만나주실 것이라고 믿었습니다.”

“후후, 재미있는 놈들이군. 정말 재미있어.”

“귀엽게 봐주시면 감사하겠습니다.”

가만히 그들의 얘기를 들어주던 다이스케 아다치가 호탕한 웃음을 터뜨렸다.

“…하하하! 그래, 배짱 하나는 두둑해서 마음에 드는군!”

"감사합니다."

"하지만 그런 그릇으로 내 후계자가 되어봐야 웃음거리밖에 되지 않는다."

"그렇다면 저희들의 능력을 증명할 수 있도록 해주십시오."

"시험을 치르겠다?"

"얼마든지 치르겠습니다."

다이스케 아다치는 다시 한 번 호탕하게 웃었다.

"하하하! 그래, 시험 좋지!"

그는 품에서 회칼 한 자루를 꺼내놓았다.

스릉!

"이건……."

"내일 자정까지 시부야 두 개 구역을 접수한다면 내가 이름을 계승해 주겠다."

"두 개 구역이라……."

"에비스든 요요기든 간에 두 구역만 장악한다면 내 이름을 계승해 주기에 무리가 없겠지."

사내는 다이스케 아다치의 칼을 공손히 받았다.

"좋습니다. 선생님의 이름에 누가 되지 않도록 최선을 다하겠습니다."

"그래, 당연히 그래야지."

칼을 받은 사내들은 그것을 품속에 잘 갈무리한 채 돌아섰다.

"그럼 저희들은 이만……."

"내일 자정에 보세."

멀어져 가는 사내들을 바라보며 다이스케의 애첩 미도리가 물었다.

"다이스케, 저들을 정말 믿어요?"

"믿고 나발이고 구역 두 개를 하루 만에 접수할 놈들이라면 믿음도 필요 없어. 이 바닥은 원래 힘이 지배하는 곳 아닌가?"

"그건 그렇지만……."

"한번 두고 보자고."

다이스케의 표정이 오늘따라 밝아 보인다.

*　　　*　　　*

늦은 밤, 다이칸야마 멀티플렉스로 넉 대의 승합차가 달려와 멈추어 섰다.

끼이익!

오늘 밤부터 내일까지 다이칸야마 멀티플렉스의 사용이 전면 중단되며 인근 500미터 전방에 노란색 공사 라인이 쳐진다는 공고가 붙은 지 30분 만의 일이다.

차에서 내린 사내들은 다이칸야마 멀티플렉스 안으로 무작정 돌입해 들어갔다.

쨍그랑!

다이칸야마 멀티플렉스는 시부야의 심장부로서 젊음이 넘치던 공간이다.

2000년대 초, 몬스터의 공격에 의하여 한차례 초토화되었던 시부야의 상권은 이 멀티플렉스 쇼핑몰과 함께 공중분해되었다.

그때부터 한국군 지원부대가 당도하기 전까지 폐허로 남겨져 있던 쇼핑몰은 또 다른 세계가 조성되었는데, 그중 가장 유명한 것이 바로 도박과 마약, 매춘이다.

쇼핑몰 부지가 몇 년째 그대로 방치되면서 부랑자들과 야쿠자들이 이곳을 접수하여 새로운 신 유흥가를 구성하게 된 것이다.

지금은 다이칸야마의 대표적인 야쿠자 니시노회가 다시 상권을 잡고 쇼핑몰을 회복세로 돌려놓긴 했지만, 아직도 오락시설과 영화관 이외엔 영업을 하지 못하는 상황이었다.

그러나 아직까지도 지하 상권이 남아 있기 때문에 니시노회에겐 거의 젖줄이나 다름없었다.

유리창 깨지는 소리를 들은 니시노회의 조직원들이 무더기로 쏟아져 나온다.

"어떤 새끼가 겁도 없이 우리 구역에 쳐들어와?!"

"네놈들이 니시노회인가?"

"…뭐라?"

"우리는 한국에서 온 야차파다. 조폭과 싸우는 것은 처음이지?"

"미친놈들, 조센징이었군!"

"그래, 이 쪽발이 새끼들아!"

승합차 넉 대에서 내린 사람들의 숫자는 총 48명, 그렇지만 지금 니시노회가 계단에서 막 올라온 터라 입구가 꽉 막힌 상황이었다.

만약 야차파가 마음먹고 이들을 밀어버린다면 딱히 공격에서 벗어날 방법이 없었다.

이미 시청과 경찰청에서 내려온 공사 공문 때문에 퇴로가 막힌 상황에서 이런 일이 벌어졌다는 것은 니시노회에겐 거의 재앙이나 다름없었다.

더군다나 지금은 지하에서 손님들이 한창 마약과 술에 찌들어 도박을 즐기고 있기 때문에 판이 깨지게 되면 평판이 떨어지는 것은 시간문제였다.

"이런 개새끼들, 하필이면 오늘 같은 날에……."

"노리고 온 것이 틀림없습니다, 형님! 그냥 셔터를 내리시는 편이……."

"그렇다고 셔터를 내리면 우리가 웃음거리밖에 더 되겠냐?!"

"그, 그렇지만……."

"나도 모르겠다! 밀어버려!"

"와아아아아!"

대략 100명쯤 되는 니시노의 상주 인원이 계단을 올라 야차파를 밀어내려 했으나 역시 위치의 특성이란 무시할 수 없었다.

"역시 무식한 놈들이군. 쳐라!"

"예!"

야차파는 별다른 함성도 없이 그저 기계적으로 진압용 경찰봉을 휘두르며 니시노회를 마구잡이로 폭행하기 시작했다.

퍽퍽퍽퍽!

"크허억!"

"이런 제기랄, 더럽게 아프네! 도대체 저런 물건은 어디서 난 거야?!"

"병신들, 이런 물건은 동대문 뒷골목에 가면 만 원도 안 한다!"

잠시 후, 야차파 조직원 다섯 명이 바닥에 놓여 있는 플라스틱 방패를 집어 들었다.

쿵쿵!

"자, 본격적으로 한번 싹 밀어보자!"

"예!"

경찰들이 시위 진압에 사용하는 플라스틱 방패는 내구성이 워낙 뛰어나기 때문에 어지간한 방법으론 뚫고 들어갈 방법이 없다.

앞에서 방패로 막고 뒤에서 밀고 들어오는 형식이 되어버렸으니 니시노회는 더 이상 어떻게 할 방도를 찾지 못했다.

퍽퍽퍽!

"끄허억! 내, 내 다리!"

"이런 빌어먹을! 이렇게 앞이 꽉 막혀 버리다니!"

오늘 공사가 진행된다는 공고가 붙은 후엔 이곳 주변으로 사람 자체가 지나다니지 않았기 때문에 미처 습격에 대비할 틈이 없던 니시노회다.

만약 이럴 줄 알았다면 조직원 중 일부가 쇼핑몰 앞에서 상주하고 있어 충분히 방비할 수도 있었을 것이다.

그야말로 속전속결. 인원수 차이가 무려 두 배 이상 나는 상황이었지만 니시노회는 일거에 휩쓸려 무너지고 말았다.

마지막으로 니시노회의 수뇌부만이 남았을 때, 야차파는 드디어 몽둥이찜질을 멈추었다.

"허억, 허억! 왜, 왜 멈춘 거지?!"

"더 이상 폭력적으로 구는 것은 쓸모없는 일이다. 자, 그럼 지금부터 내가 하는 말을 잘 들어라. 너희들은 오늘 우리에게 패배하여 백기를 들고 시부야를 떠날 것이다."

"……."

"하지만 만약 그분께 자비를 구해본다면 얘기가 달라질 수도 있다."

"그분?"

"다이스케 아다치 선생 말이다."

"아다치라면……."

"현 아이자와회의 부두목이자 C&C 그룹의 부회장이시지. 그분께 자비를 구한다면 목숨만은 살려주겠다. 만약 그게 아니라면 이곳의 셔터를 내리고 확 불을 질러 버릴 테다."

"…개자식들!"

"어떻게 할 것인가?"

니시노회는 야차파에게 결국 무릎을 꿇고 말았다.

"졌다. 그분께 목숨을 구걸할 테니 사람을 보낼 수 있도록 해다오."

"그럴 필요 없다. 지금 영상통화로 그분을 연결해 줄 테니 한번 잘 빌어봐."

"…알겠다."

그는 정말로 다이스케 아다치에게 전화를 연결했다.

—그래, 나다.

"선생님, 어떤 놈들이 선생님께 자비를 구하고 싶다고 합니다."

—자비?

니시노회의 서열 2위 토루 코이케는 그 자리에 무릎을 꿇고 앉아 윗옷을 벗었다.

척!

"선생님, 부디 자비를 베풀어주십시오!"

—네놈들, 야차파에게 패배한 것을 인정하겠다는 소리냐?

"예, 그렇습니다!"

—으음, 좋아. 그렇다면 목숨만큼은 살려주도록 하지.

"감사합니다!"

이윽고 전화를 끊은 야차파는 계단을 따라서 다시 지상으로 올라가기 시작했다.

"그럼 우리는 이만 간다."

"…설마하니 저 사람의 인정을 받기 위해 일부러 습격을 감행한 것인가?"

"만약 그게 아니었다면 너희들은 이미 기반을 잃었을 것이다. 그것보다는 낫지 않나?"

"……."

"이쯤에서 일을 마무리 짓도록 하지."

그는 바닥에 돈 네 뭉치를 툭하고 내려놓았다.

"받아라. 약값이다."

"…정말 이게 다인가?"

"우리가 그렇게 할 짓이 없는 사람들로 보이나? 그럼 우리는 이만 간다."

야차파가 물러선 후 니시노회는 망연자실한 표정을 지었다.

"이러다 우리 회가 무너지는 것 아닙니까?"

"그럴 일 없다. 아다치 저 작자도 지금 팔다리가 다 잘린 상태이다. 괜히 설쳤다가 조직에서 린치를 가할 수도 있어. 그러니 별 탈은 없을 것이다."

"그렇다면 다행입니다만……."

"후우, 제기랄! 다행이긴 하지만 우리의 자존심에 상처를 입었으니 이제 야쿠자로서 얼굴 들고 다니기 힘들겠군."

"…언젠간 놈들에게 복수할 수 있는 날이 반드시 올 겁니다."

"물론이다."

그들은 상황을 정리하면서도 야차파와 다이스케 아다치를 요절내겠다며 연신 이를 갈았다.

* * *

베트남 하노이의 신 호치민 항구로 야차 중대의 K—77 전술 비행기가 안착했다.

수륙양용으로 사용이 가능한 전술 비행기 안에서 수륙양용 장갑차 한 대가 달려나왔다.

부아아아앙!

장갑차는 비행기에서 내리자마자 수면 아래로 깊게 잠수하여 바닥에 네 개의 바퀴를 모두 붙였다.

"바닥에 안착했습니다."

"좋아요, 이대로 홍강까지 갑니다."

"알겠습니다."

하노이는 수많은 강으로 둘러싸여 있기 때문에 수륙양용 장갑차를 이용한다면 기도비닉을 유지한 채 충분히 도심까지 이동할 수 있을 것이다.

김예린 대위는 장갑차의 부조종석에 앉아 황문식 상사와 함께 주변의 지형을 살피고 목표한 물건의 위치를 찾아내고 있었다.

삐빅, 삐빅.

GPS 수신기가 장갑차 앞 유리에 붙은 홀로그램 상황판에 주변의 지형을 입체적으로 나타내고 있다.

황문식 상사는 홍강 유역 인근으로 장갑차를 가까이 붙이고 목표물로 예상되는 50척의 배를 추려냈다.

"위성추적 장치가 붙어 있지 않아서 정확하진 않지만 비슷한 크기의 선박들이 어디에 있는지 추려냈습니다."

"좋아요, 이들 배로 한 명씩 잠입해서 확인하도록 합시다."

황문식과 김예린을 제외한 중대원 모두가 심해 잠수 장비 KL—144를 휴대한 채 대기하고 있었다.

KL—144는 물속에서 시속 20㎞의 속력을 낼 수 있도록 해주는 휴대용 동력 장치다.

이곳에는 탄약과 장비까지 휴대할 수 있는 배낭이 내제되어 있고, 사용자가 스마트키로 전원을 켜고 호출까지 할 수 있어 심해 침투에는 거의 필수 장비로 거론되곤 한다.

최지하 상사는 대원들에게 목표물을 지정해 주었다.

"알파와 브라보는 1번, 델타와 찰리는 2번, 에코와 폭스는 3번 지역으로 간다."

"예, 알겠습니다."

"나머지 인원은 나를 따라서 4번 지역의 선착장을 뒤지면서 30분 내로 다시 베이스로 귀환할 수 있도록. 모두 기도비닉 유지하고 무전에 귀를 기울여라."

"예!"

잠시 후, 황문식이 해치를 개방했다.

쿠웅, 철컹!

사람 한 명이 간신히 드나들 수 있는 방수 해치가 열리면서 아홉 명의 야차 중대원들이 신속하게 강바닥으로 나왔다.

스르르르르륵, 부아아아앙!

심해 동력기가 공기 압력으로 장비를 앞으로 밀어내자 대원들은 자신의 장비에 해당 목표의 GPS값을 입력하고 그곳으로 자동 운항을 시도하였다.

[자동으로 운항합니다.]

최지하는 자신의 바로 옆에 있는 동료들에게 시시각각 수신호로 명령을 하달하였다.

—목표물 앞에 도착했다. 좌, 우로 나누어서 돌입하라.

—예!

그녀는 갑판이 훤히 다 들여다보이는 위치에서 잠망경으로 배 안에 있는 컨테이너를 살폈다.

컨테이너에는 야차 중대의 상징인 치우천왕이 아주 작게 새겨져 있다.

—빙고!

—그럼 이제 GPS 추적 장치를 붙이고 퇴각하겠습니다.

—좋아, 다음 지역에서 보자고.

하노이에서 첫 번째 목표물을 찾은 최지하는 그다음 타깃을 향해 이동했다.

*　　*　　*

야차 중대의 작전 시작 한 시간 후, 수륙양용 장갑차의 전면 유리창에 50개의 점이 홀로그램으로 표시되었다.

삐빅, 삐빅.

"50개라… 두 개 빼곤 다 찾았군."

"두 개는 지금 어디로 갔는지 알 수가 없어."

"흐음."

김예린은 나머지 두 개까지 회수한 다음에 놈들을 처단하자는 입장이었고, 최지하는 지금 당장 놈들을 일망타진해서 배후 세력을 캐내자는 입장이었다. 하지만 어느 하나도 결정하기가 쉽지 않은 상황이었기 때문에 두 사람 모두 신중한 모습을 보일 수밖에 없었다.

최지하는 김예린에게 결정권을 넘겼다.

"부중대장이 알아서 해."

"행정 보급관은 한 발자국 물러설 건가?"

"뜻대로 할게."

김예린은 결국 최지하의 말에 따르기로 했다.

"남은 두 개의 컨테이너도 결국은 족치면 찾을 수 있을 거야. 모두들 움직입시다. 요절을 내버리자고요."

"오케이!"

"행정 보급관은 지금 당장 베트남 해군에 지원을 요청해줘. 그동안 우리는 이놈들의 발을 묶는다."

"알겠어."

황문식은 예정대로 수륙양용 장갑차를 지상으로 끌어 올린 후 해치를 열어 인원을 밖으로 내보냈다.

"자, 가자!"

김예린과 최지하를 필두로 총 두 개의 팀으로 나눠진 야차 중대는 베트남 하노이의 홍강 신 항구를 점령하기 위해 움직이기 시작했다.

알파 팀의 팀장을 맡은 김예린은 황문식, 김재성, 김태하와 함께 퇴로를 차단하였고, 최지하는 나머지 병력을 데리고 GPS에 나와 있는 위치를 따라서 달리기 시작했다.

—여기는 알파, 해군이 도착하는 데 얼마나 걸린다고 하던가?

"정확히 15분, 15분이면 이곳으로 특공대가 도착한다."

—좋아, 그럼 우리는 지금부터 이곳을 나가는 놈들에게 무조건 경고 사격을 퍼붓겠다.

"부탁하지."

최지하는 가장 큰 점으로 표시되는 적의 심장부로 향했다.

겉으로 드러나지는 않았지만 가장 많은 짐이 실려 있고 선박의 크기가 가장 큰 것이 아마도 기함일 터였다.

배가 가장 많다는 것은 이곳에 병력이 집중되어 있다는 소리이기 때문에 기함이라고 봐도 무방할 것이다.

그녀는 기함으로 여섯 명의 인원을 재빨리 이동시켰다.

"닥터! 폭파 위치로!"

"예!"

야차 중대의 전략은 중요 인원을 필두로 모여서 움직이기에 오늘은 의무 담당관과 폭파 담당관을 필두로 뭉치기로 했다.

의무 담당관 백성희 중사가 후방에서 지정 사수로서 전방을 지원하게 되면 유탄수 김태양 중사가 최후방에서 퇴로를 확보한 채 전진하게 될 것이다.

최지하는 1번 유탄수인 강아성 중사에게 최루탄과 섬광탄을 준비시켰다.

"1번 유탄수, 최루탄, 섬광탄 준비! 나머지 인원은 전부 방독면을 착용한다!"

"방독면 착용!"

배의 크기가 꽤 크긴 하지만 중앙관제실은 그리 넓지 못하니 최루탄 한 방이면 모든 인원이 전투 불능 상태가 될 것이다.

최지하는 상대방의 심장부 중에서도 가장 중요한 곳인 중앙관제실을 점령하여 모든 상황을 종료시킬 생각이다.

그녀는 위성사진으로 확인한 선박의 예상 구조도를 따라서 5층 중앙관제실로 향했다.

"이동!"

계단 왼쪽에 밀착한 채로 전진하던 최지하가 꺾어지는 코너에서 잠시 대원들을 정지시켰다.

그녀는 정지한 대원들을 뒤에 둔 채 반사경을 살며시 내밀었다.

반사경에 비친 코너 너머의 풍경은 한산하기 짝이 없었다.

테이블을 사이에 둔 채 체스를 두고 있고 그 옆에서는 사람들이 술을 퍼마시면서 구경하고 있다.

"체스를 두고 있군. 구경꾼이 대략 열 명쯤 되는 것 같으니 빠르게 제압한 후 조용히 이동하도록 하지."

"입감!"

최지하는 왼쪽 포켓에서 티타늄 합금으로 만든 오우거 힘줄 와이어를 꺼내 들었다.

오우거 힘줄을 햇볕에 바짝 말린 후에 티타늄으로 합금하면 그 어떤 장력으로도 끊을 수 없는 물건이 된다.

최지하는 그 위에 공업용 다이아몬드를 얇게 도금하여 살상용으로 개조해 휴대하고 다닌다.

그녀가 앞장서자 네 명의 중대원이 산개하여 다음 층 난간을 붙잡고 천천히 이동했다.

아주 조용히 술판 옆으로 다가선 최지하는 중대원들에게 대기 신호를 보냈다.

—아직, 아직이다.

난간에 매달려 최지하를 바라보고 있던 중대원들은 그녀가 신호를 보내자마자 공중에서 뚝 떨어져 내려 적들의 목덜미에 대검을 찔러 넣었다.

촤락!

푸하아아악!

사방으로 피가 솟구치는 가운데 최지하는 오우거 와이어로 단 일격에 목덜미를 양단해 버렸다.

서걱!

"…이런 씨발……."

그녀는 순식간에 사라진 다섯 명을 보고 기겁하는 또 한 명의 사내에게 죽음을 선사했다.

스릉!

코카트리스의 부리를 아주 곱게 갈아서 만든 대검은 가볍지만 강철과 부딪쳐도 부러지지 않는 강도를 가지고 있다.

더군다나 뼈와 부딪쳐도 유연하게 휘어져 지나가기 때문에 살아 있는 생명체를 베는 데엔 안성맞춤이다.

푸욱!

그녀의 칼이 적의 목덜미를 관통하고 난 후 최지하는 곧바로 그 옆의 사내에게 달려갔다.

파바밧!

전력으로 달려 도약한 그녀는 불과 3미터도 안 되는 공간에서 마치 총알처럼 엄청난 장력을 냈다.

빠각!

무릎으로 놈의 두개골을 타격한 후 목덜미까지 팔꿈치로 찍어 누르고 나니 적은 곧바로 숨을 거두어 버렸다.

"정리 완료. 모두들 상황을 보고하라."

"이상 없습니다."

"퇴로는?"

—완벽합니다.

이제 그녀는 시신들을 뒤로한 채 관제실로 향했다.

"이동!"

퇴로를 확보하고 있던 지정 사수팀이 움직이자, 최지하는 1번 유탄수와 함께 재빨리 관제실 유리창 밑에 자리를 잡았다.

나머지 인원은 차례대로 돌격 지향 자세를 잡고 있다.

최지하는 박창민 중사에게 스네이크 캠으로 관제실 안을 살피도록 지시했다.

"박중사, 뱀 집어넣어."

"예!"

그는 낮은 포복 자세로 스네이크 캠을 꺼내어 관제실 문틈으로 밀어 넣었다.

지이잉.

스네이크 캠이 관제실 안을 비추자, 박창민 중사는 적외선 센서를 가동시켜 적들의 정확한 위치를 잡아냈다.

"우측에 넷, 좌측에 셋입니다."

"대가리는?"

"잘 모르겠습니다. 일단 제압하고 찾아내시죠."

"그래, 그렇게 하자고."

최지하의 수신호에 따라 1번 유탄수가 섬광탄을 쏘아 올렸다.

퍼엉!

쨍그랑!

적들은 자신들 앞으로 굴러온 섬광탄을 바라보며 고개를 갸웃거렸다.

"뭐야? 이놈들이 복도에서 야구를……."

"아닙니다! 이건 야구공이 아닙니다!"

"뭐, 뭐라?"

최지하는 이 짧은 순간에 어떤 놈이 우두머리인지 잡아냈다.

"중앙 1번 표적이 타깃이다. 타깃을 제외한 모든 적을 제압한다."

"예!"

잠시 후, 섬광탄이 터지면서 적들의 시야가 식별 불가 상태가 되었다.

퍼엉!

"으아아악!"

"이, 이런 씨발!"

그녀는 다시 한 번 수신호를 보냈고, 1번 유탄수는 최루탄을 쏘았다.

치이이이익, 펑!

최루탄이 좁은 공간에서 퍼져 나가면 제아무리 고도로 훈련된 사람이라고 해도 십중팔구 바닥을 길 수밖에 없다.

"쿨럭, 쿨럭!"

"우웨에에에엑!"

트림과 구역질이 난무하는 가운데 최지하가 문을 열고 돌입했다.

콰앙!

그러자 사수들이 아주 정확하게 지정된 목표물을 제거해 나갔다.

피융, 피융!

"크허억!

"2번 타깃, 제거 완료!"

"3번 완료!"

"…7번 타깃 제거 완료!"

"좋아, 이제 이놈만 제압하면 되는 건가?"

최지하는 눈물과 콧물로 범벅이 된 사내의 팔과 다리에 케이블타이를 묶고 그 뒤로 밧줄을 한 번 더 묶어 목과 다리를 연결했다.

"으으윽! 이런 개자식들! 우리가 누구인 줄 알고 이러는 것이냐?!"

"머리에 똥 들었어? 모르니까 이러는 거지. 만약 네놈들이 누구인 줄 알았으면 네놈은 이미 뒤졌어."

"쿨럭, 쿨럭! 죽인다!"

자리에서 일어나 꿈틀거리려는 그에게 최지하는 특단의 조치를 취했다.

"아아, 아직 힘이 남아 있었나? 뭐, 그럼 할 수 없고."

그녀는 사내의 팔뚝에 마이크로 센서가 달린 혈관 조영술용 장비를 집어넣었다.

위이이이잉!

원래는 의료용으로 개발된 장비지만 때론 군용으로 사용될 때도 있다.

자신의 목덜미 동맥에 정확하게 박혀 버린 조영술 장비를 바라보는 사내의 동공이 거칠게 흔들렸다.

"이, 이게 뭐 하는 짓이야?!"

"길게 묻지 않겠다. 만약 네가 허튼수작을 부리면 곱게 못 죽어. 그건 굳이 말하지 않아도 알겠지?"

"……."

"좋아, 지금부터 질문이다. 이 지역에 있는 50개의 선박은 누구의 통제를 받지?"

"…나다."

"그럼 네가 선박들을 출항하지 못하도록 제동을 걸어."

"이런 제기랄."

"어서!"

그녀의 윽박질에 기가 팍 죽어버린 사내는 관제실 무전기를 잡았다.

"…여기는 중앙페리, 모두 잘 들어라. 기상관제 센터의 정보에 따르면 베트남 면 바다에서부터 태풍이 일어났다고 한다. 그러니 오늘은 이곳에서 하루 동안 머문다."

최지하는 그에게 종이에 적힌 글귀를 보여주었다.

[그러니 오늘은 배에서 조용히 대기한다. 움직이다 걸리면 총살이다.]

"…그러니 오늘은 배에서 조용히 대기한다. 움직이다 걸리면 총살이다."

그녀가 시키는 대로 모든 것을 다 해준 사내는 겸연쩍은 미소를 지었다.

"아하하, 이제 시키는 것을 다 했으니……."

"으음, 아니지. 좀 자."

"……?"

최지하는 그의 목덜미에 몬스터용 마취제를 주사하여 한 방에 거의 혼수상태 직전으로 만들어 버렸다.

털썩!

"이놈을 챙겨서 밖으로 나가자. 이제 곧 해군들이 올 거야."

"예, 행보관님."

그녀는 부하들과 함께 쓰러진 남자를 데리고 선박 밖으로 나갔다.

제6장
욕심은 화를 부른다

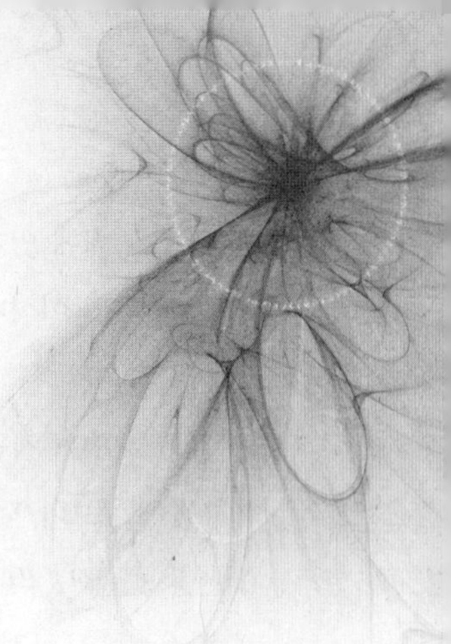

나른한 오후, 해적단 '블랙맘바'는 중앙관제실에서 내려온 무전을 받곤 지루한 대기를 하루 더 이어나가게 되었다.

블랙맘바 3호선 '블루서클'의 선장 맥스는 부하들의 투덜거림을 술로 달래준다.

"대장, 해적이 언제부터 풍랑을 무서워했습니까? 아니, 오히려 우리에겐 잘된 것 아닙니까?"

"그냥 위에서 시키는 대로 해라. 잘못하면 우리 밥줄이 끊어진다."

"하지만……."

"오늘은 배에 있자. 내가 시내에서 여자들을 구해오겠다."

"오오, 정말이십니까?!"

"어차피 지금은 해군이 남부 해안 소탕 작전에 나가 있으니 육군들도 아마 지원 작전을 펼치고 있을 거다. 사창가로 접근하기엔 지금보다 더 좋은 기회가 없지."

한창 문제가 되었던 동남아 성매매를 베트남 대통령이 직접 칼을 들고 근절시켜 지금은 일반 가정집으로 위장한 매음굴이나 지하 술집에서 성매매가 이뤄진다.

물론 그때보다 가격이 좀 오르긴 했지만 그녀들 역시 먹고 살아야 하기 때문에 해적들과는 떼려야 뗄 수 없는 사이였다.

아마 맥스가 말만 잘하면 선원들이 싼값에 회포를 풀 수 있을 것이다.

맥스는 자신을 따를 인원 두 명을 선발했다.

"나와 함께 사창가로 갈 사람 있나?"

"함께 가면 좋은 것 있습니까?"

"있지. 가장 먼저 여자를 고를 수 있는 기회를 주겠다."

"오오, 제가 가겠습니다!"

"저도 갑니다!"

수많은 지원자 중에서 칼을 잘 쓰는 사람 한 명과 총을 잘 쓰는 사람 한 명을 고른 맥스는 선박을 나서기로 했다.

"내가 나갔다 오는 사이에 무전이 날아오면 그냥 대충 둘

러대."

"예, 알겠습니다."

그는 돈을 챙겨 선박에서 내려 사창가로 들어가는 골목 입구로 향했다.

맥스는 원래 유흥을 즐기는 사람은 아니지만 그의 부하들은 돈으로 여자를 사서 즐기는 것을 하나의 낙으로 여기기 때문에 이따금 여자를 구하러 다니는 것이 맥스의 일이기도 했다.

해적 선장은 부하들의 절대적인 신뢰와 인기를 바탕으로 활동하기 때문에 부하들의 사기 증강은 그가 가장 신경 쓰는 부분이었다.

맥스는 부하들과 함께 골목길로 들어가려다 총잡이 렉스턴의 부름에 잠시 멈추어 섰다.

"두목, 저기를 좀 봐!"

"뭔가?"

"수평선을 따라서 엄청난 수의 군함이 밀려들어 오는데?!"

"뭐, 뭐라?!"

초계함 두 척이 홍강 깊은 수역에 자리를 잡자 그 주변을 따라서 움직이던 경비정들이 재빨리 달려와 병력을 항구에 쏟아냈다.

베트남 해군은 각종 장비와 함포로 해적선을 포위하고 경고 방송을 전파하였다.

위이이이잉!

—해군 작전 중입니다! 민간인은 모두 대피하여 주시기 바랍니다! 다시 한 번 알려드립니다.

민간인들은 화들짝 놀라서 대피하였고, 이제 남은 것이라곤 해군과 해적뿐이었다.

베트남 군부와 경찰은 해적과 같은 범죄자를 개보다 더 못하게 취급하는 천상천하유아독존의 공권력을 가졌다.

아마 해적들은 오늘 한 명도 살아남지 못한 채 죽음을 맞이하게 될 것이다.

"이런 씨발!"

"두목, 이젠 어쩌지?!"

"…가자! 저놈들을 구해야지! 두목, 어서 가자!"

맥스는 고개를 가로저었다.

"아니다. 누군가는 이 사태를 본진에 알려야 해. 잘못했다간 저기서 살아남은 누군가가 우리의 본거지를 실토하는 수가 있어."

"……!"

"어서 가자! 시간이 별로 없어!"

맥스와 부하들은 골목을 통하여 베트남 암흑가로 몸을 숨겼다.

* * *

다음 날, 다이스케 아다치가 아이자와 회장의 장례 중간에 이해할 수 없는 돌발행동을 했다.

그는 자신의 후계자로 한국계 건달인 야차파의 보스 '칼날'을 지정하고 그에게 뒤를 이을 권한을 주겠다고 선언했다.

다이스케 아다치가 며칠 사이에 시부야의 조직 두 개를 굴복시킨 것이 이제 막 소문을 타고 있는 가운데 후계자까지 내세운 것은 야쿠자들 사이에선 꽤나 큰 이슈가 되었다.

물론 이것이 이슈가 되었다고 해서 아다치가 다시 아이자와 회의 대권에 근접할 수는 없었다.

이미 그는 수족이 다 잘려서 폐기 처분 직전까지 갔기 때문이다.

야쿠자들의 소문에는 그가 지역을 옮겨서 재기에 도전하려는 것이 아니냐는 의견이 나돌았지만 소문은 소문일 뿐이었다.

자칭 칼날, 그러니까 야쿠자로 위장한 화수는 다이스케에게 시부야의 두 개 조직에게서 받아낸 건물의 소유권 이전 등기를 진상했다.

"멀티플렉스와 백화점의 소유를 선생님 앞으로 옮겨두었습니다. 이제 이곳은 아다치회의 영역입니다."

"하하, 자네들 정말 꽤나 쓸 만한 친구들이군!"

"과찬이십니다."

"그래, 좋아! 이 정도는 되어야 나의 후계자라고 할 수 있지!"

화수는 그에게 꾸벅 고개를 숙였다.

"감사합니다!"

"그래, 그래!"

"한데 선생님, 드릴 말씀이 하나 있습니다."

"말해보게! 뭐든지 들어줄 준비가 되어 있으니!"

"듣자 하니 조직의 3인자들이 선생님의 자리를 빼앗으려 한다고 들었습니다. 맞습니까?"

"…그렇지."

"어차피 제가 선생님의 세력이 되어드리는 김에 저들의 타이틀까지 빼앗으면 어떻겠습니까?"

"……?"

"선생님께서 저희들에게 숙제를 내어주셨을 때 저는 직감했습니다. 선생님께서 아이자와회의 대권에 아직도 관심이 있다는 것을 말입니다."

다이스케의 야망은 시부야, 아니, 관동 지방 전체를 아우를 정도로 거대하고 끈끈하다.

지금 시부야의 두 개 지역을 점령했다고 해서 그 야망이 꺾일 리가 없었다.

"…가능하겠나?"

"지금이 기회입니다. 아마도 테츠야와 류노스케 이 두 놈은 장례가 끝나자마자 대권을 차지하기 위해 움직일 것이 뻔합니다. 그렇다면 우리가 둘 중에 하나를 치고 선수를 점하는 편이 낫습니다."

"으음, 확실히 그건 그렇군."

"저에게 전권을 주신다면 테츠야를 박살 내어놓겠습니다. 아마 우리가 시부야의 두 개 지역을 점령하고 병력을 움직였다는 것을 류노스케가 알면 우리에게 또 다른 전쟁을 선언하게 될 겁니다. 그렇게 되면 자연적으로 두 개 조직을 한꺼번에 정리할 수 있게 되는 것이지요."

"하지만 그놈들의 병력이 만만치 않게 많은데 괜찮겠나?"

"저희들이 동원할 수 있는 인원은 대략 500~600명입니다. 저들이 그만큼 병력을 집중시킨다면 몰라도 지금 당장은 우리를 이길 수 없을 겁니다."

"좋아, 자네에게 전권을 일임하겠네. 나의 후계자로서 놈들을 박살 내어 버리라고."

"예, 선생님!"

이제 화수는 끝장을 보기 위한 움직임에 돌입했다.

*　　*　　*

이른 새벽, 테츠야의 본거지인 시부야 번화가의 유흥가로 화수의 부하들과 용역 깡패들이 우르르 몰려가고 있다.

그들은 머리부터 발끝까지 모두 검은색 천이나 가죽으로 가리고 있었는데, 보이는 곳이라곤 오로지 눈동자밖에 없었다.

화수는 검은색 복면을 쓴 채 부하들과 용역 깡패들에게 말했다.

"속전속결이다. 지정된 건물 안으로 들어가서 보이는 모든 것을 다 때려 부수고 폭력배로 보이는 놈들은 죄다 때려눕히면 되는 거다."

"예!"

"자, 그럼 가자!"

쇠파이프를 하나씩 든 용역 깡패들이 유흥 주점 안으로 뛰어들어 난동을 부리기 시작했다.

쿵쿵, 콰앙!

"꺄아아아악!"

"이런 씨발! 도대체 뭐 하는 놈들이냐?!"

"밟아!"

퍽퍽퍽퍽!

용역 깡패들은 종업원이고 깡패고 할 것 없이 자신에게 달려드는 사람들을 죄다 때려눕히고 밟았다.

유흥 주점의 마담과 웨이터들이 경찰에 신고하려 전화기를 들었지만, 이미 전화는 먹통이 된 이후였다.

뚜우, 뚜우.

"이런 빌어먹을! 도대체 뭐가 어떻게 된 거야?! 긴급 통화가 안 터지다니?!"

"아무래도 전화 회선이 망가진 것 같아요! 기지국도 불통인 것 같고요!"

"…그냥 이대로 가만히 당하고만 있어야 한다는 소리야?!"

지금 시부야의 중심가 직경 5㎞에 달하는 유흥 지구에는 광역 케이블 공사와 전화회선 공사가 이어지고 있었다.

때문에 경시청에선 순찰차와 방범순찰대 병력을 늘리겠다고 선언했으나, 아무리 기다려도 이곳으론 방범대가 돌아다니지 않았다.

화수는 미소를 지었다.

'일 처리가 아주 빠르고 신속하군.'

경시청에선 일부러 병력을 빼돌려 시부야 유흥 지구로 향하는 단속 스케줄을 죄다 취소시켜 버렸다.

한마디로 이곳에서 화수가 무엇을 하든지 간에 경찰들은

신경도 쓰지 않을 것이란 소리다.

그는 민간인의 피해가 거의 없는 선에서 테츠야의 업소들을 전부 기능 불능 상태로 만들어 버렸다.

"형님, 다 됐습니다!"

"그래, 며칠간 장사 못 하도록 아주 제대로 조져놓았겠지?"

"물론입니다!"

"좋아, 그럼 이제 놈들의 심장부인 사무실을 접수하러 간다. 모두들 다친 곳은 없지?"

"예, 형님! 지금 당장 싸워도 백전백승일입니다."

"으음, 좋아. 이대로 놈의 사무실로 가자."

"예, 형님!"

화수는 500명의 인원을 이끌고 나카자와회의 중앙 본부가 있는 나카자와 빌딩으로 향했다.

이미 기업의 면모를 갖추고 있는 나카자와회는 C&C 그룹과는 무관하게 독자적인 사업을 벌이는 회사였다.

그룹의 수뇌부이기도 했지만 테츠야는 대외적으로 꽤 많은 다리를 뻗고 있는 기업가였다.

아마도 이곳을 마비시키면 테츠야가 움직이지 않으려야 않을 수가 없을 것이다.

"나카자와 빌딩에 있는 인원은 전부 야쿠자들이다. 여자만 아니면 죄다 때려눕혀도 된다는 소리다. 그냥 다 밀어버려!"

"예, 형님!"

500명이나 되는 인원이 우르르 밀려들어 가자 나카자와회의 조직원들은 당황하여 뒷걸음질 치기 시작했다.

"와아아아아!"

"밟아!"

"이런 빌어먹을! 이 새끼들, 다 어디서 온 거야?!"

용역 깡패들은 아랑곳하지 않고 나카자와회를 점점 압박하고 있었지만, 그들 중에서도 청출어람은 있었다.

부웅, 퍼억!

"크헉!"

발차기 한 방에 무려 네 명이 나가떨어지는 엄청난 괴력을 소유한 야쿠자가 양손에 칼을 쥔 채 용역 깡패들을 노려보았다.

"…다 죽여주마! 덤벼라!"

"저놈은 또 뭐야?"

고개를 갸웃거리는 화수에게 임희성이 자세히 설명해 주었다.

"나카자와회의 행동 대장이자 조직의 해결사로 알려져 있습니다. 테츠야의 오른팔이기도 합니다."

"으음, 어쩐지 날카롭다고 했어."

"저놈, 손속이 잔인하기로 유명합니다. 아마도 용역들이 달려들면 배를 갈라놓을 겁니다."

"그럼 곤란하지."

이번 작전의 모토는 아무도 다치지 않는 점령전이기 때문에 야쿠자의 칼에 배가 갈라지는 일이 벌어져선 안 된다.

화수는 직접 그를 처리하기로 했다.

파바바밧!

천마군영보를 전개하여 하늘 높이 날아오른 화수는 무려 5미터 상공에서부터 진기를 머금고 떨어져 내렸다.

"일월신권!"

천하랑이 무림의 모든 무공비급을 습득하여 말년에 완성시킨 천마신공 중에서도 일월신권은 가히 일품이라 할 수 있는 초식이다.

이는 단 일격에 약 1천 명을 벌할 수 있는 권풍을 내는데, 자연경의 경지에 이른 천하랑도 간신히 그 이론을 깨우치고 권법을 전개할 수 있을 정도로 복잡한 무학이었다.

하지만 이미 무극에 이른 화수에겐 반쪽짜리이나마 일월신권을 전개할 수 있는 능력이 있었다.

그는 일월신권을 1/100의 능력만 끌어내어 출수시켰다.

퍼버버버버벅!

단타로 보이는 주먹질 한 번에 무려 550번의 권풍이 일어나 순식간에 상대를 기절시키는 것이 일월신권의 특징이다.

만약 여기에 내력을 실어서 권풍을 쏘아낸다면 주먹질 한 번에 천 명을 죽일 수 있는 초식이 완성되는 것이다.

내력이 실려 있지는 않았지만 화수의 주먹이 한 번 뻗어 나간 것만으로도 상대방은 혼수상태 직전까지 몰릴 수 있었다.

"허업!"

콰앙!

무려 550대의 몰매를 맞고도 한 대 더 맞은 나카자와회의 행동 대장은 그 자리에 쭉 뻗어버렸다.

"으허억!"

"허, 허어! 세이지 형님께서 단 한 방에 뻗어버렸어?!"

"괴, 괴물이다! 저놈들은 괴물이야!"

적장을 쳐내면 나머지 병력은 알아서 오합지졸이 되는 것이 순리이다.

화수는 그러거나 말거나 나카자와회의 조직원들을 일망타진하기 위해 계속해서 전진했다.

"가자! 모두 다 조져 버려!"

"예, 형님!"

나카자와회의 조직원들은 오늘 자신들이 멀쩡히 살아서 돌아가긴 글렀다고 생각했다.

* * *

도쿄 시부야 거리에 기존의 야쿠자들은 상상조차 하지 못한 소문이 돌아다니기 시작했다.

시부야의 패권을 두고 벌인 전쟁에서 패배한 다이스케 아다치가 다시 세력을 확충하여 벌써 두 개 지역을 접수했다는 소문이었다.

이제 막 아이자와 회장의 장례식을 치르고 발인을 마친 류노스케 하세가와에게 오른팔 소스케가 소문에 대해 귀띔했다.

"…아무래도 부회장님이 뭔가 일을 꾸미는 것 같습니다."

"벌써 다이칸야마와 요요기를 먹었다고? 그게 가능한 일인가?"

"가능한지 아닌지 알 수는 없습니다만, 해당 조직들이 이미 아다치회에 무릎을 꿇었다고 시인했습니다."

"……!"

"이대로 둔다면 부회장님 측 세력이 강성해져서 우리의 목덜미를 치려고 들지 모릅니다."

"빌어먹을, 결국엔 집안의 어른을 손봐야 하는 상황이 된 건가?"

"어떻게 할까요?"

류노스케는 자신이 아이자와회의 회장이 되기 위해서라면

걸리적거리는 모든 것을 제거할 준비가 되어 있는 사람이었다.

비단 그게 조직의 큰 어른이라고 해도 달라지는 것은 없었다.

“지금 작은 형님 휘하에 남은 업장이 몇 개지?”

“총 열 개입니다.”

“모두 회수하고 휘하의 모든 병력을 소탕한다.”

“그렇게 되면 대대적으로 조직력을 끌어모아야 합니다만?”

“그게 무슨 문제인가?”

“테츠야 형님이 가만히 있겠습니까?”

“…어쩔 수 없다. 이대로 가만히 앉아서 눈치만 보고 있다간 우리까지 쓸릴 수 있어.”

“예, 알겠습니다. 만약 테츠야 형님 측에서 움직이면 어떻게 할까요?”

“밀어버려.”

“예, 알겠습니다.”

어차피 테츠야와의 일전을 염두에 두고 있던 류노스케는 차라리 잘되었다고 생각했다.

‘그래, 힘으로 붙어서 누가 이기는지 한번 해보자고.’

그는 딱딱하게 굳은 표정으로 장례식을 마무리했다.

같은 시각, 테츠야에게도 같은 정보가 입수되었다.

"…작은 형님이 그런 짓을?"

"아무래도 부회장님께서도 비빌 언덕이 있어야 한다고 생각한 모양입니다."

"제기랄, 이러다가 전쟁이 일어나겠어."

"어떻게 할까요?"

"최소한 그룹이 공중 분해되는 일은 막아야 한다. 우리도 조직력을 끌어 모으고 전쟁이 나면 그것을 중재할 수 있도록 준비해 둬."

"예, 형님."

바로 그때, 테츠야에게 다급한 발걸음이 다가왔다.

"형님, 큰일입니다!"

"무슨 일이냐?"

"지금 우리 조직으로 300명이 넘는 어깨들이 쳐들어왔습니다!"

"…뭐라?!"

"사무실이 다 털리고 업장이 모두 마비되었다고 합니다!"

"빌어먹을!"

C&C 그룹이 비록 엄청난 자산을 운용하는 그룹이긴 하지만 셰콜린스의 지분율이 워낙 높아서 기존에 조직이 가지고 있던 업장은 아직도 고스란히 중간 보스들에게 남아 있는 상

황이었다.

공금은 합법적인 통장으로 들어오고 사금은 전부 업장에서 나오기 때문에 실질적인 조직의 비자금은 모두 업장에 있다고 해도 과언이 아니었다.

테츠야는 토해내듯 소리쳤다.

"이런 씨발! 도대체 어떤 새끼들이 우리 조직으로 쳐들어왔단 말이냐?!"

"듣기론 다이스케 부회장님의 세력이라고 합니다!"

"…작은 형님이 나를?!"

"어떻게 합니까?! 이대로 가만히 당하고 있을 수만은 없지 않습니까?!"

그는 더 이상 자신이 물러날 곳은 없다고 느꼈다.

'그래, 이렇게 된 바엔 차라리 다 찔러 죽이고 내가 회장이 되는 편이 낫겠어!'

테츠야는 윗옷을 벗어 던졌다.

촤락!

그러자 그의 몸에 가득 차 있던 청룡 무늬 문신이 고스란히 드러났다.

그는 부하들에게 붕대와 회칼을 가져오도록 지시했다.

"붕대를 감아라! 전쟁이다!"

"예!"

테츠야는 오늘 자신이 죽던 다이스케가 죽던 결판을 낼 생각이다.

*　　*　　*

늦은 밤, 웃통을 모두 벗은 채 아랫배에 붕대를 감은 야쿠자들이 떼를 지어 나타났다.

저벅저벅!

그들의 발걸음은 거침이 없고 무거웠으며, 그 발자국 하나하나에는 굳은 결의가 담겨 있다.

화수는 그들이 걸어가는 길목에 우두커니 서서 보란 듯이 테츠야의 명패를 가지고 놀고 있었다.

테츠야의 부하들은 극도로 흥분하여 화수에게 소리쳤다.

"이런 개자식을 보았나?! 죽고 싶은 것이냐?!"

"아아, 이게 그렇게 중요한 물건이었나? 미안. 내가 잘 몰랐어."

화수는 그들이 보는 앞에서 테츠야의 명패를 바닥에 패대기치고 발로 마구 짓밟았다.

쨍그랑!

퍽퍽퍽퍽!

산산조각이 난 명패를 바라보는 야쿠자들의 눈동자가 순식간에 뒤집어져 버렸다.

"이런 씨발! 밀어버려!"

"와아아아아아아!"

잔뜩 흥분하여 달려나가려던 조직원들에게 테츠야가 외쳤다.

"잠깐! 조용히 해라!"

"혀, 형님?!"

"가만히 있어봐라. 할 말이 있다."

테츠야는 화수에게 다가와 아주 정중히 물었다.

"작은 형님께서 나를 왜 쳐내려 하셨는지 모르겠으나 이 일에는 분명 뭔가 큰 오해가 있을 것이다."

"오해? 지금 네 명패가 이 지경이 되었는데 무슨 오해?"

"…그럴 수 있다고 생각한다."

"내 생각은 다르다. 다이스케 선생께선 우리 야차파를 일본으로 끌어들여 너희들을 몰아내고 C&C 그룹을 인수하실 계획이시다. 그러니 네놈을 친 것은 오해가 아니라 어쩔 수 없는 수순이었다고."

"……."

"자, 어쩌겠나? 네놈이 이곳을 접수하겠나, 아니면 이대로 접수를 당하겠나?"

그는 고개를 가로저었다.

"어쩔 수 없군. 피를 보는 수밖에."

바로 그때, 저 멀리서 또 한 무리의 야쿠자들이 우르르 몰려오고 있다.

저벅저벅!

테츠야는 화들짝 놀라 그들을 바라보았다.

"류노스케?!"

"아아, 저놈들도 왔군. 네가 모르는 것이 있다. 류노스케는 지금 다이스케 선생의 종파를 와해시키고 네놈들을 치려던 참이다. 아마 이곳에서 맞닥뜨린다면 필시 전면전이 일어날 것이다."

순간, 테츠야의 얼굴이 경악으로 물들었다.

"호, 혹시 네놈……?!"

"네놈이 뭐? 이건 모두 다이스케 선생이 계획한 일이다. 우리는 아무런 상관이 없다고."

잠시 후, 류노스케가 일본도를 들고 두 사람 사이를 비집고 들어왔다.

"어이, 어이! 여기서 뭐 하고 있나? 전쟁이 났으면 피를 봐야지!"

"…뭐라?"

"평소에는 불한당처럼 마구 소리나 치고 다니던 놈이 막상 전면전이 일어난다고 생각하니 겁이 나는 건가? 하긴, 소인배가 겁을 안 내면 이상하지."

"……."

화수는 류노스케가 미끼를 물 수밖에 없다고 생각했다.

경시청에서 제시한 자료에 따르면 류노스케는 야망이 큰 데 반해 테츠야는 조직을 더 중요하게 여기는 성향이 있었다.

화수가 굳이 다이스케의 이름을 빌려서 테츠야를 친 것은 그를 움직여 다이스케를 밟으려는 것이 아니라 그를 쳐서 중간에 류노스케와 충돌을 일으키려던 것이다.

다이스케가 시부야의 구역 두 개를 점령하면서부터 류노스케의 야망은 이미 불을 피우고 있을 것이다.

어차피 이 사태가 벌어지지 않았어도 류노스케는 어차피 전쟁을 벌여 자신이 회장직을 꿰차려 했다.

그러니까 지금의 이 사태는 류노스케가 가장 바라던 시나리오이며 그에겐 기회라는 소리였다.

화수는 그런 두 사람에게 조금 더 기름을 붓기로 했다.

"아아, 그거 아나? 원래 회장님께선 다이스케 선생께 회장직을 물려주실 생각이었다더군."

"…뭐라?"

"회장님께서 타계하기 전에 부회장님께 유언을 전했다는군."

그는 회장의 글씨를 그대로 카피한 가짜 유언장을 내밀어

보였다.

유언장에는 다이스케에게 회장직을 양도하면서 55%의 지분을 몰아주고 테츠야에게 35%를, 나머지 10%만이 류노스케에게 갈 것이라고 쓰여 있었다.

테츠야는 고개를 내저었다.

"아니다! 이게 진짜일 리가 없다! 류노스케! 회장님께선 아마도……!"

"…넌 눈이 어떻게 되었냐? 이걸 보고도 딴소리가 나와?"

"이런 제기랄! 넌 이걸 믿어?!"

"당연히 믿고 싶지 않지! 그러니 너를 없애고 내가 회장이 되어야겠다!"

"이런 멍청한 놈을 보았나?!"

"멍청한 놈에게 칼을 맞으면 어떻게 되는지 궁금하군! 쳐라!"

"와아아아아아!"

류노스케가 이끄는 조직원 500명이 우르르 몰려들자 화수는 가뿐히 보법을 밟아서 가로등 위로 올라섰다.

파바바밧!

그가 공중으로 날아오르는 것도 모른 채 두 조직은 전면전을 벌였다.

퍽퍽퍽!

촤락!

"끄허어억!"

"사, 사람 살려!"

화수는 살며시 눈살을 찌푸린다.

'진짜 전쟁이나 별반 다를 바가 없군.'

기껏 해봐야 쇠파이프나 휘두를 것이라고 생각한 화수는 진짜 칼을 쓰는 야쿠자들을 바라보며 고개를 내저었다.

그는 전쟁 한복판에 서서 전화기를 들었다.

"접니다."

—어떻게 되었습니까?

"지금 아주 난리도 아닙니다. 서로 찌르고 베고 난장판이 따로 없군요."

—어떻게 되었든 간에 한 번은 일어났어야 할 전쟁입니다. 저들도 세력 다툼은 해야 하니까요.

"아무튼 이쪽은 다 마무리가 된 것 같은데, 다이스케는 어떻게 할 생각이십니까?"

—후보 선수로 다른 사람을 고를 생각입니다.

"후보 선수요?"

—다이스케가 서열 2위였지만 만약에 은퇴하게 된다면 그 이름을 이어받은 사람이 조직을 이끌어가게 됩니다.

"……!"

—당신께서 C&C 그룹을 운영해 주세요. 우리 경시청에서 이 사건을 덮어둘 테니 C&C 그룹을 잘 운영해 주십시오.

기존의 정경유착과는 또 다른 경우가 생겨나려는 모양이다.

"타국에서 온 저에게 이런 중책을 맡기는 이유가 뭡니까?"

—당신이라면 잘 해낼 것이라고 생각합니다.

"……."

—그리고 또 하나, 이 엄청난 세력이 경찰의 손에 놀아나게 되면 다른 조직에서 도전을 해올 겁니다. 그때마다 다이스케가 모두 다 방어해 낼 재간은 없다고 봅니다. 하지만 당신이라면 가능하겠지요.

"흐음."

—다이스케는 아마 당신에게 모든 것을 일임할 겁니다. 당신만 결정하면 모든 것이 끝납니다.

"그럼 셰콜린스는 어떻게 됩니까?"

—당신이 전쟁을 벌여야 할 또 다른 상대가 되겠지요.

그의 인생은 어려서부터 지금까지 끝도 없는 투쟁의 연속이었다.

'이것이 나의 숙명인 모양이군.'

화수는 그의 제안을 받아들였다.

"좋습니다. 제가 칼잡이 한번 해보지요."

—잘 생각하셨습니다. 그럼 건투를 빌어요.

전화를 끊은 화수는 가만히 앉아 두 조직 간의 전투를 지켜보았다.

*　　*　　*

사방이 전부 다 꽉 막힌 밀실 안.

히로유키가 피떡이 된 다이스케를 바라보고 있다.

"쿨럭쿨럭!"

"형님, 이제 우리도 그만 낙향하는 것이 어떻겠습니까? 용두사미, 반쪽짜리 2인자 자리가 이젠 지겹지도 않습니까?"

"…네 이놈, 돈 때문에 이렇게까지 타락할 수 있는 것이냐?!"

히로유키는 일본 경시청 특수과에게서 오비히로의 작은 건물과 그곳에 조직의 기반을 잡을 수 있는 돈을 지급해 주겠다는 제안을 받았다.

그 제안의 핵심은 다이스케를 함께 폐기시키고 그 후계 구도를 칼날에게 일임하는 것이었다.

설마하니 숙적 카케루에게 낙향에 대한 얘기를 듣게 될 줄은 꿈에도 몰랐던 히로유키이지만 그 역시 용의 꼬리가 되느니 뱀의 머리가 되는 것이 낫다고 생각하고 있었다.

그는 다이스케에게 노후 자금을 넉넉히 주고 첩실까지 아주 제대로 꾸릴 수 있는 돈을 주겠다고 제안했다.

"형님, 형님은 이제 제가 먹여 살리겠습니다. 그러니 함께 가시죠."

"…경찰의 앞잡이 노릇이나 하는 야쿠자를 어떻게 믿으라는 것이냐?"

"앞잡이가 되어야만 살 수 있는 세상입니다. 우리에겐 더 이상의 기회란 없습니다. 1인자, 회장의 자리, 이 모든 것은 우리가 낙향해야만 얻을 수 있습니다."

"……."

"명예 회장의 자리를 드리고 저택과 첩실까지 모두 드리겠습니다. 어떻습니까? 이만하면 실패한 야쿠자치곤 꽤 괜찮은 은퇴 아닙니까?"

다이스케는 그에게 담배를 한 대 요구했다.

"담배 한 대 피울 수 있나?"

"물론입니다."

히로유키는 마일드세븐 한 개비를 꺼내어 그에게 물려주었다.

"피우시지요."

"후우, 좀 낫군."

"어떻게 하실 겁니까?"

"…그래, 까짓것, 자네의 말대로 하자고."

“잘 선택하신 겁니다.”

“그나저나 류노스케와 테츠야가 가만있지 않을 텐데?”

“그건 걱정하실 필요 없습니다. 이미 정리가 다 되어가고 있으니까요.”

“……?”

“아무튼 모든 것을 내려놓고 함께 가시죠.”

“그래, 가자. 이 모든 것이 업보라고 생각하면 그리 억울할 것도 없지.”

“현명한 선택이십니다.”

히로유키는 피투성이가 되어버린 다이스케를 데리고 인근 병원으로 향했다.

제7장
정리

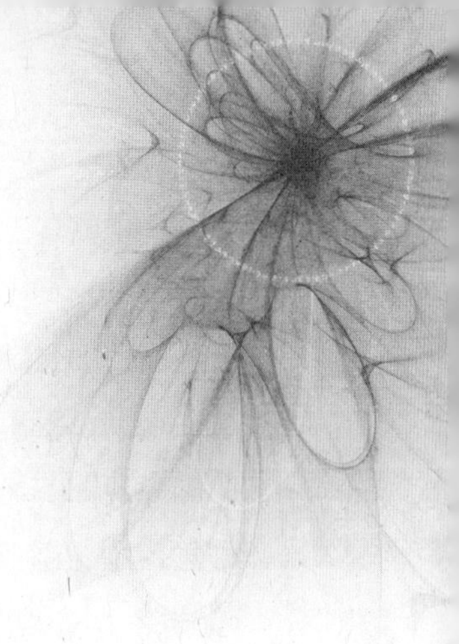

늦은 밤, 마포대교 위로 이시은 중위와 박성화 대령이 나란히 걸어가고 있다.

쇄아아아아!

장대비가 쏟아지고 있었지만 두 사람은 우비나 우산을 쓰고 있지 않았다.

“오랜만이군요.”

“잘 지냈습니까?”

“뭐, 나야 늘 그럭저럭 살고 있지요.”

박성화 대령은 자신의 옆을 천천히 따르고 있는 승용차를 가리키며 말했다.

“보셨습니까?”

“아아, 그 빌어먹을 협잡꾼들 말입니까?”

“설마하니 대통령 탄핵에 변두리 용역 깡패들이 동원될 줄이야. 아주 꿈에도 상상하지 못했습니다.”

“놈들은 입을 좀 열었습니까?”

“몇 놈은 입을 열었지만 남은 두세 명이 끝까지 속을 썩이는군요.”

“으음, 그래요?”

이시은은 그들의 신상에 대해서 물었다.

“어디에 사는 누구인지 알아내셨나요?”

“경찰을 통해 신원 조회를 좀 해봤습니다. 한 놈은 기장군에서 노모와 함께 살고 있고 나머지 두 놈은 정읍에서 건달 짓을 하는 것 같더군요.”

“그런 놈들이 서울까진 어떻게 왔대요?”

“아무래도 덜미가 잡힐 것을 우려해서 소개에 소개를 받고 용역을 모집한 것 같습니다. 이놈들, 아주 조직적이에요.”

“그렇군요.”

육군 첩보단의 고문 실력이야 타의 추종을 불허할 만큼 대단하지만 지금으로선 멀쩡한 사람을 건드릴 수가 없었다.

이들은 어디까지나 참고인 신분이며, 아직까지 특정 범죄의 용의자로 지목된 것이 아니기 때문이다.

"살살 만져주고 싶어도 어쩔 도리가 없어요. 어쩌면 좋습니까?"

"뭐가 걱정입니까? 저놈들도 인간이라면 분명 약점이라는 것이 있을 텐데요."

"약점?"

"사람은 자신이 소중하게 여기는 모든 것을 약점이라고 여깁니다. 이 사람들도 별반 다를 것이 없겠지요."

"……?"

"노모를 모시고 산다는 저 사람, 어머니가 지금 어디에 계시죠?"

"기장군에서 농사를 짓고 있답니다."

"으음, 그렇군요. 나머지 정읍에서 온 놈들은 특별한 것이 없습니까?"

"동료들의 말로는 처자식이 있답니다."

"좋아요, 처자식이 있다면 일이 조금 더 쉬워지겠군요."

그녀는 두 사람을 풀어주라고 말했다.

"보내줘요."

"네?"

"저 두 사람, 이만 보내주세요."

"하지만……."

"내일까지 알아서 경찰서로 달려올 겁니다. 내가 장담하지요."

"흐음."

"저를 못 믿으세요?"

"믿죠. 하지만 당신이 무슨 짓을 할지 몰라 걱정되어 그러지요."

"제가 아무리 바닥이라도 사람을 죽이는 짓은 안 합니다."

"…차라리 그렇다면 안심이게요?"

그녀는 박성화에게 싱긋 윙크를 날려주었다.

"내가 좀 치명적인 매력이 있죠."

"……."

"아무튼 부탁 좀 할게요. 해주실 수 있죠?"

"알겠습니다. 이놈들을 집으로 보내겠습니다."

이윽고 그녀는 어딘가로 전화를 걸었다.

* * *

기장군에서 태어나 부산에서 건달 짓을 하고 사는 유강철은 터덜터덜 걸어서 집으로 돌아가는 중이다.

그는 주머니에 두둑하게 담긴 현금 다발을 만지작거리고 있었다.

"…엄마가 좋아하겠지?"

유강철의 어머니는 홀로 자식 일곱을 키워낸 대단한 사람이다.

그는 집안의 막둥이로 태어나 일흔을 훌쩍 넘은 어머니의 슬하에서 유년 시절을 보냈다.

어려서 유난스럽게 사고를 많이 치고 돌아다닌 유강철은 어머니가 칠순을 넘길 때까지도 감옥을 오가면서 살았다.

형제들은 유강철의 보석금과 합의금을 내다가 지쳐서 연락을 끊은 지 오래고, 그 탓에 어머니까지 혼자가 되어버렸다.

유강철은 서른두 살이 되던 해에 비로소 정신을 차렸으나 세월은 이미 많이 지나가 있는 상태였다.

야속하게 흘러버린 세월에 어머니는 허리가 굽어 제대로 걸어 다니지도 못했고, 집안은 작은 텃밭 하나만 남고 모두 다 빚쟁이들에게 넘어간 상태였다.

막내아들이 건달 짓을 하고 다닌 탓에 어머니는 가진 것을 모두 남에게 퍼주기에 바빴던 것이다.

그는 자신의 모든 것을 내던져서라도 어머니를 꼭 건사하고야 말겠다는 굳은 의지를 가지고 있었다.

낮에는 용역 사무소에서 품을 팔고 밤에는 대리운전까지 하면서 돈을 모아온 그는 내후년이면 부산에 작은 분식집을 오픈할 수 있게 될 것이다.

하지만 세상은 그리 호락호락하지 않았다.

어머니와 함께 돈을 모아 허름한 점포를 계약한 그는 내년까지 직접 인테리어를 해서 번듯한 가게를 낼 생각에 부풀어 있었다. 그러나 가게를 내놓은 부동산과 업자가 모두 다 도망가고 그에게 남은 것이 하나도 없었다.

부동산 사기를 당한 것이다.

만약 그가 감옥에 가지 않고 조금만 더 세상을 제대로 겪었다면 부동산 사기는 당하지 않았을지도 모른다.

그러나 그는 경험이 없었고 어머니 역시 너무 늙고 힘이 빠져서 제대로 세상 물정을 파악할 수 없었다.

그는 절망하지 않고 다시 일어서려 했으나 그러기엔 어머니가 너무 노쇠했다.

어쩔 수 없이 용역 깡패 일을 찾아보던 그에게 서울에서 꽤 큰일을 할 수 있는 기회가 있다며 돈다발을 내미는 사람이 있었다.

그는 현금으로 무려 3천만 원에 달하는 돈을 받고 용역 깡패로 나서달라는 부탁을 받았다.

3천만 원이면 아주 작고 허름한 2~3평짜리 점포 하나 장만하고 가까스로 분식집을 열 수 있는 자금이 될 것이다.

유강철은 앞뒤 가리지 않고 일을 받았다.

"휴우, 이제 모두 다 끝이다. 다 끝났다고."

그가 기장군의 시골에 있는 작은 농가를 향해 걸어가고 있을 무렵, 동네에서 오래도록 알고 지내던 소꿉친구 예지가 달려왔다.

"강철아!"

"예지?"

"큰일이야! 어머니가 잡혀가셨어!"

"…뭐? 그게 무슨 소리야? 엄마가 갑자기 왜 잡혀가?"

그녀는 발을 동동 구르며 그의 손을 잡아 이끌었다.

"흑흑, 큰일이야! 경찰이 어머니를 잡아갔다고!"

"뭐, 뭐라고?!"

"어머니께서 이번 시장 선거 때 도우미로 나선 적이 있는데, 그때 수천만 원에 달하는 금품을 받으셨대!"

"이런 씨발, 그게 말이 되는 소리냐?! 엄마가 무슨 힘이 있어서 수천만 원이나 받고 도우미를 해줘?!"

"동네 어르신들에게 시장을 뽑아달라고 노인정에서 자주 얘기하셨다나 봐. 그게 문제가 되어서……."

"개자식들!"

강철은 다시 되돌아서 미친 듯이 달리기 시작했다.

"강철아, 어디 가?!"

"경찰서에 간다! 너는 그냥 집으로 돌아가!"

그녀는 그를 붙잡았다.

"잠깐, 잠깐만 기다려 봐. 내가 집에 가서 차 가지고 올게. 아마 뛰어가는 것보단 백배 나을 거야."

"…그래."

"너무 걱정하지 마. 이장님께서 어머니와 함께 가셨으니까."

"……."

강철은 그녀의 도움을 받아 부산사하경찰서로 향했다.

* * *

부산사하경찰서 특수계에 팔순의 노파가 고개를 푹 숙인 채 앉아 있다.

탕탕탕!

"어머님, 자꾸 이러실 겁니까?! 금품을 받았다는 정황이 여기 다 있는데?!"

"…난 모른다니까 자꾸 이러네. 형사 양반, 우리 아들이 집에 올 때가 되었어. 아들 밥은 좀 차려줘도……."

"장난하세요?! 선거법 위반에 금품 수수가 얼마나 무서운 죄인지 모르세요?! 요즘이 무슨 5공화국 시절이라고 생각하시는 겁니까?!"

"……."

바로 그때, 경찰서 형사과의 문이 열린다.

콰앙!

"엄마!"

"…강철아!"

그는 형사들에게 달려가 말했다.

"형사님들, 뭔가 착오가 있는 모양입니다. 우리 엄마는 금품 수수고 나발이고 그런 정치 얘기는 아예 모르는 사람입니다. 조사에 문제가 있는 것 같아요."

"뭐?"

"형사님, 우리 엄마는 아무것도 몰라요. 그러니……."

형사는 어머니의 팔을 붙잡는 강철을 떼어내어 밀쳤다.

퍼억!

"비켜! 함께 감옥에 들어가고 싶어?"

"……."

"만약 그렇게 조사에 불만이 있으면 민원을 신청하든지 경찰서를 고소하든지 알아서 해. 하지만 지금 이렇게 조사를 방해하면 둘 다 공무 집행 방해로 처넣는 수가 있어."

아무리 대한민국의 공권력이 다소 약해졌다곤 해도 막무가내로 밀어붙인다고 뾰족한 수가 생기는 것은 아니다.

강철은 경찰서 바닥에 무릎을 꿇고 앉았다.

쿵!

"형사님! 제발 한 번만 봐주세요! 대신 감옥에 들어가라면 들어가겠습니다!"

"뭐?"

"선거법 위반, 그걸로 들어가면 요즘 아주 복잡하다고 들었습니다. 우리 어머니가 그걸 다 버텨내실 리가 없어요!"

"알아. 하지만 어쩌겠어? 신고가 들어오면 조사를 해야 하고 혐의가 입증되면 조서를 적어서 검찰에 넘겨야 하는 것이 우리의 일인데."

"……."

"네 사정 모르는 사람 없다. 하지만 대한민국은 법치국가다. 우리가 어쩔 수 있는 일이 아니라고."

"하, 하지만……."

"정 억울하면 변호사를 찾아가 보던지."

고개를 푹 숙인 강철에게 한 여자가 다가왔다.

"유강철 씨?"

"……?"

"잠시 저 좀 봅시다."

"…뭡니까?"

"어머니 구하고 싶지 않아요?"

"뭐요?"

그녀는 강철에게 명함을 한 장 건넸다.

[국정원 특수공작부 이시은]

"국정원이 해줄 수 있는 일이 있을 것 같은데요?"

"……."

그는 이시은을 따라서 경찰서 휴게실로 향했다.

*　　*　　*

이시은이 해준 말은 가히 충격적이었다.

"그, 그러니까 내가 대통령 탄핵안을 재정하는 데 끼어들어 일이 이렇게 되었단 말입니까?"

"이해가 빠르시네요."

"…기득권층이 민생에 훼방을 놓는다고 말하고 다닌 사람이 누구인데 이런 식으로 서민을 잡아도 되는 겁니까?"

"각하께선 아무것도 몰라요. 그냥 우리는 우리의 할 일을 할 뿐, 그분과는 상관이 없지요."

"그게 무슨 말도 안 되는……!"

그녀는 강철에게 이 세상을 살아가는 방법에 대해 조언해 주었다.

"내가 당신과 나이 차이가 많이 나는 것은 아닙니다만, 사회 선배로서 말씀드리겠습니다. 줄을 잘 서요."

"…뭐요?"

"생각을 해봐요. 당신이 이렇게 된 것은 모두 다 줄을 잘못

섰기 때문입니다. 안 그래요?"

"난 그냥 돈을 많이 준다고 해서 이 일을 했을 뿐입니다! 그게 무슨 줄서기와 관련이 있는데요?"

"줄서기는 운입니다. 당신은 운이 나빴지요. 하지만 운을 결정하는 것도 결국엔 실력, 자신의 앞날을 내다볼 줄 아는 혜안인 겁니다. 당신은 앞날을 바라보는 능력이 없었던 거죠."

"…그럼 어쩝니까? 사기꾼은 도망갔고 돈은 다 떨어져 가는데."

"핑계는 핑계일 뿐."

강철은 고개를 푹 숙였다.

"후우, 여기나 저기나 사람 뒤통수 후려칠 궁리밖에 안 하는군."

"그래요. 누구나 뒤통수 후려칠 생각뿐이죠. 하지만 이 세상은 약육강식의 세계입니다. 내가 뒤통수를 치지 않으면 남이 뒤통수를 후려칠 겁니다. 당신은 그걸 알아야 해요."

이시은은 강철에게 한 가지 제안을 했다.

"당신, 그 돈 전부 다 갖고 사기꾼도 잡고 싶지 않아요?"

"뭐요? 그게 무슨 소리입니까?"

"말 그대로 받은 돈도 갖고 사기꾼도 잡을 수 있는 방법을 일러주는 겁니다. 어때요? 관심 있어요?"

지금 강철에게 가장 간절한 것은 어머니와 함께 살 수 있는 생계 수단을 마련하는 것이다.

그녀가 무슨 조건을 제시할지는 알 수 없지만 현재 강철에겐 결코 거부할 수 없는 유혹이었다.

"…그 방책이라는 것이 뭡니까?"

"증인으로 출두해 줘요."

"증인이요?"

"조만간 불법 집회 조장 및 폭력 시위 조작으로 기시현 의원이 재판을 받을 겁니다. 그때 증인으로 출두하면 됩니다."

"……!"

"그래요, 국회의원을 등지고 법정에 선다는 것이 쉽지는 않겠죠. 잘못하면 언젠가 대통령이 될 수도 있는 인물이기도 하니 부담이 되는 것은 당연합니다. 하지만 당신은 우리 국정원에서 지킵니다. 그리고 당신이 생각하는 것처럼 기시현이 대권에 나설 수 있을 확률은 높지 않습니다. 집권 여당에서 그를 쳐내지 않으면 조만간 있을 대란에서 회생이 불가능할 것이기 때문이죠."

"대란?"

"뭐, 자세한 것은 나중에 뉴스로 보세요."

"으음."

"아무튼 생각 있어요? 어머니를 풀어주고 돈도 마련해 주겠습니다. 그리고 당신의 뒤는 우리가 봐줍니다. 앞으로 신변에 위험이 생길 일은 절대로 없다는 뜻이죠."

"그 말을 내가 어떻게 믿습니까?"

"내가 방금 전에도 말했죠? 줄서기를 잘 해야 한다고요. 당신은 지금 줄서기를 하는 겁니다. 앞날이 어떻게 될지는 당신의 선택에 달린 거죠."

그녀가 자신의 제안을 뒷받침할 근거를 제시하지 않았기에 강철의 머리는 복잡해질 수밖에 없었다.

하지만 지금 강철에게 남은 카드는 그리 많지 않았다.

"…정말 우리 모자에게 아무런 피해가 없는 겁니까?"

"피해는 무슨, 이번 사건으로 인해 당신 모자에게 매스컴의 관심이 집중될 겁니다. 만약 집권 여당에서 당신들에게 린치를 가한다면 대중들이 가만있지 않을 거예요."

"반대로 여론이 우리 모자를 타깃으로 삼으면요?"

"그럴 일은 절대로 없습니다. 그건 내가 장담하죠."

강철은 고개를 끄덕였다.

"좋아요, 당신의 말대로 하죠."

"그래요, 잘 선택한 겁니다."

"하지만 만약 일이 잘못된다면……."

"우리가 다 알아서 수습할 겁니다. 그러니 걱정하지 말고 재판에나 집중해 줘요."

"알겠어요."

그녀는 전화번호를 하나 건넸다.

"이 번호를 핸드폰에 입력해 둬요. 나중에 내가 이 번호로 연락할 겁니다. 만약 당신에게 무슨 일이 생겨도 이 번호로 연락해요."

"그래요, 알겠어요."

그녀는 강철에게 악수를 청했다.

"잘해봅시다. 어차피 좋은 것이 좋은 것이니까요."

"…그럽시다."

이시은과 헤어진 그는 경찰서 안으로 들어갔다.

*　　　*　　　*

미얀마의 고도 양곤으로 한 대의 헬리콥터가 날아들었다.

다다다다다다!

헬리콥터는 양곤의 외곽으로 날아가 거대한 대나무 숲으로 둘러싸인 대저택 안에 안착했다.

그 안에서 내린 사람은 바로 해적단 블랙맘바의 중간 보스 맥스였다.

맥스는 대저택 안으로 달려가면서 외쳤다.

"두목, 두목!"

중국 사천 지방의 풍색이 물씬 느껴지는 대저택의 안채에서 한 중년이 휠체어를 타고 나왔다.

"맥스?"

"두목, 큰일입니다!"

"무슨 일이냐?"

"지금 홍강 유역에 있던 50척의 선박이 베트남 해군에 의해 제압되었습니다!"

"…50척이나?"

"대책을 강구해야 할 것 같습니다!"

중년은 살며시 눈을 감고 심호흡을 했다.

"후우!"

"두목……?"

"그냥 내버려 둬."

"예, 예?!"

"어차피 우리가 손을 쓴다고 해서 어떻게 될 상황이 아니다. 더군다나 그 물건은 남한의 육군 부대가 가지고 있던 것이다. 우리가 손을 댄 사실이 알려지면 이곳도 무사하지 못해."

"그렇지만 붙잡혀 간 형제들이……."

"안다. 형제들은 반드시 구해낼 것이다. 하지만 선박은 깔끔하게 포기하는 편이 좋아."

"……."

해적에게 있어 배는 생계 수단이자 세력권을 유지하는 원천이라고 할 수 있다.

만약 50척이나 되는 해적선을 빼앗기게 된다면 앞으로 블랙맘바는 지금처럼 강성한 세력권을 형성할 수 없을 것이다.

블랙맘바는 동남아시아권 최대의 해적 조직으로서 그 악명이 자자했는데, 이번 사건이 수면 위로 떠오르고 나면 세력권이 1/3에서 절반 사이로 떨어져 내릴 것이다.

그럼에도 불구하고 해적단의 두목 마오는 별다른 감흥이 없는 모양이다.

'두목은 우리가 입은 타격을 복구하는 데 그리 오랜 시간이 걸리지 않을 것이라 생각하는 건가?'

맥스는 그의 의중을 알아보기 위해 머리를 굴렸지만 딱히 좋은 답안은 떠오르지 않았다.

골똘히 생각에 잠겨 있는 맥스에게 마오가 말했다.

"아마도 우리가 앞으로 어떻게 살아야 할지 걱정일 것이다. 맞나?"

"…조금은 그렇습니다."

"하지만 걱정할 필요 없다. 해적은 바다가 있는 한 절대로 무너지지 않으니까."

그는 맥스에게 군부로 끌려간 동료들을 구출해 낼 수 있도록 지시했다.

"지금 당장 모든 인력을 투입해서 우리의 형제들을 구해낸다. 만약 필요하다면 용병까지 동원해도 좋다."

"예, 알겠습니다!"

맥스는 다시 헬리콥터를 타고 날아갔다.

다다다다다!

마오는 그 모습을 가만히 바라보며 읊조렸다.

"아무리 돈이 좋다고 해도 그렇지 해적이 배를 팔아먹다니, 나도 다된 모양이군."

그는 어딘가로 전화를 걸었다.

"접니다."

—어떻게 되었습니까?

"잘 처리되었습니다. 아마도 물건은 제자리로 잘 돌아갈 겁니다."

—그렇군요. 잘 알았습니다.

"이번 일은 잘 마무리되었으니 우리가 입은 피해에 대해서 얘기하고 싶군요."

—그건 걱정할 필요 없습니다. 다 알아서 해줄 겁니다.

"그래요. 믿고 기다리겠습니다."

전화를 끊은 마오는 다시 휠체어를 타고 정원으로 향했다.

*　*　*

늦은 밤, 국회의원 기시현의 집으로 검경이 들이닥쳤다.

그들은 깊은 잠에 빠져 있던 기시현과 그의 가솔을 전부 기상시키고 오늘 오후에 발부된 체포 영장을 보여주었다.

"기시현 씨, 잘 들으세요. 당신을 불법 시위 조작 및 폭력 시위 조장 등의 혐의로 체포합니다. 묵비권을 행사할 수 있고 변호사를 선임할 권리가 있습니다."

"…당신들, 이러고도 무사할 줄 알아?"

"무사할지 아닌지는 두고 봐야 알 일입니다. 죄를 지은 사람이 무사할지 죄인을 체포한 사람이 무사할지는 어차피 뻔한 일이지만 말입니다."

"……."

기시현의 가솔들이 그를 붙잡는다.

"아, 아빠!"

"아버지!"

"흑흑, 여보! 이게 도대체 무슨 일이래요?!"

"다들 걱정하지 말고 편하게 자고 있어. 내가 무슨 죄를 지었다고 이러는지 모르겠지만, 이런다고 내가 어떻게 될 것 같아? 나는 아무렇지도 않아."

"…알겠어요. 기다릴게요."

형사들은 여전히 담담한 표정을 짓고 있는 기시현에게 수

갑을 채우고 경찰차 뒷좌석에 그를 욱여넣었다.

"들어가시죠."

"…내가 알아서 갈 테니 이것 좀 놓고 말하게."

"됐으니까 그냥 들어가라고!"

"……."

"당신, 아직도 정신 못 차렸지? 지금 당신은 국회의원 신분이 아니라 죄인의 신분이라고. 잘 알고 있으리라 믿어. 해외여행에 결격 사유가 생기거나 그에 준하는 범죄에 연루되면 국회의원직을 박탈당한다는 것을 말이야."

한창 말이 많던 국회의원 비리와 관련하여 전 대통령 정부에선 국회의원법을 대대적으로 개정하고 선거법과 시위법을 위반하는 사례에 대해선 가차 없이 처벌하기로 했다.

특히나 증거 조작이나 선동, 금품 제공과 수취에 대해선 중죄로 다루어 엄히 처벌하는 것이 개정된 법안이다.

애석하게도 기시현은 그 법안을 현 대통령과 함께 주도한 인물로서 대권을 유지하기 위해 청렴의 가면을 썼던 사람이다.

한마디로 그는 자신이 만들어놓은 기계에 손발이 잘리게 생긴 것이다.

'이런 씨발, 이게 도대체 무슨 경우야?!'

그는 설마하니 자신이 지시해 놓은 일들이 틀어질 줄은 상상조차 못하고 있었다.

동남아의 용병 시장 다음으로 거대한 동대문에서 사람들을 매수하여 동원하였고, 그 뒤처리 역시 아주 깔끔하게 해두었다.

그럼에도 불구하고 이런 일이 발생했다는 것은 국정원이 직접 개입했다고밖에 설명할 길이 없었다.

'대권, 이런 빌어먹을 놈의 대권 같으니!'

허수아비처럼 보여도 한 번 대통령이 되고 나면 함부로 건드릴 수 없는 것이 바로 정치판의 이치다.

전 대통령들이 하야하는 데 들어간 인력과 돈이 얼마였으며, 그것을 발판으로 삼아 대통령이 된 한명희는 그야말로 인간 승리의 사례라고 할 만하다.

그만큼 대통령 하야 문제는 목숨을 걸고 매달리지 않으면 안 되는 사례였던 것이다.

당시엔 그저 앞잡이 노릇이나 하던 기시현은 미처 그 불문율에 대해선 생각지도 못하고 있었다.

'나도 이젠 끝이군.'

대권에서 패배한 그는 고개를 푹 숙인 채 경찰서로 향할 뿐이다.

*　*　*

베트남 하노이에 위치한 공안부 중앙관청으로 무려 500명의 해적이 잡혀왔다.

퍽퍽퍽!

"크흐윽! 이런 씨발, 사람 좀 그만 때려라! 이런다고 사람이 죽겠냐?!"

"죽으면 안 되지. 너희들이 저지르고 다니는 짓이 얼마인데 이렇게 순순히 죽일 줄 알았나?"

요즘 악명이 자자한 베트남 공안에게 붙잡혀 왔으니 해적들의 안위는 보장할 수 없다고 볼 수 있다.

줄줄이 딸려오는 해적 중에서도 가장 먼저 중앙관청으로 잡혀 온 조직의 수뇌부 마철영이 피떡이 된 채로 묶여 있다.

"쿨럭쿨럭!"

"이대로 죽고 싶은 건가? 사실대로 불지 못해?"

"…우리는 그냥 보스가 시키는 대로 물건을 실어서 이곳으로 가지고 왔을 뿐이다. 그 배후에 누가 있는지 내가 어떻게 아나?"

"수뇌부에게도 공개되지 않은 정보도 있나? 이 새끼가 지금 누굴 짱구로 아나? 정말 죽고 싶어서 환장이라도 한 것이냐?!"

최지하와 김예린의 고문에도 마철영은 한사코 같은 말만 반복했다.

"내가 무슨 앵무새도 아니고 같은 말을 계속하는 것도 지겹군. 그래, 차라리 죽여라. 아는 사실을 모른다고 하는 것도 아니고 모르는 사실을 모른다고 하는데 도대체 뭐가 잘못되었다는 것인지 모르겠군."

"…정말 몰라?"

"이런 제기랄, 내가 미쳤다고 거짓말을 하겠냐? 말했잖아? 내 두목이 누구인지. 이 정도 말했으면 말 다 한 것 아니야?"

최지하와 김예린은 그의 말에 대한 진위 여부가 점점 불투명해지는 것을 느꼈다.

어차피 블랙맘바의 보스가 누구인지, 수뇌부가 누구인지쯤은 인터폴과 베트남 공안에서 충분히 알아볼 수 있는 문제였다.

그들의 대권이 바뀌지 않는다면 그 계보에 대한 정보를 베트남 공안이 모르고 있을 수가 없었다.

그만큼 블랙맘바는 전 세계적으로도 악명이 높고 그 세력권도 넓었다.

"이 새끼, 정말로 모르는 것일까?"

"조영술로 협박해도 안 먹히잖아? 그냥 자백 유도제를 써볼까?"

"그것도 고려해 볼 필요는 있겠어."

"…이 두 년이 지금 뭐라고 지껄이는 거야?"

김예린은 그의 고환 앞에 군화를 턱하니 가져다 댔다.

쿵!

“허, 허억!”

“다시 한 번 말해봐. 뭐라고?”

“그, 그게 그러니까…….”

그녀는 옆구리에서 권총을 꺼내어 그의 사타구니에 슬그머니 가져다 댔다.

철컥!

“…없애줘? 나랑 똑같은 계집애 한번 해볼래?”

“자, 잘못했다! 제, 제발 거기만은……!”

“으음, 이게 효과가 좋은데? 다시 한 번 묻겠다. 배후가 누구야?”

“모, 몰라! 정말 몰라! 내가 그런 것을 어떻게 아냐고! 흑흑, 모른다고!”

남자에겐 목숨보다 소중한 물건이 없어질 판에 거짓말을 할 사람은 그리 많지 않을 것이다.

김예린과 최지하는 이제 그만 결론을 내리기로 했다.

“빌어먹을, 배후를 캐내긴 힘들 것 같군.”

“그냥 폐기 처분을…….”

바로 그때, 마철영이 불현듯 입을 열었다.

“이, 이름은 잘 모르지만 무슨 그룹이라는 소리를 얼핏 들은 것 같기는 해."
"그룹?"
"자세히는 나도 잘 몰라. 원래 우리 블랙맘바는 어디선가 정보를 얻으면 그 정보의 출처에 대해선 철저히 비밀에 붙이거든. 만약 이것을 알려들면 모가지가 날아가지. 이게 우리의 불문율이야."
"흐음, 그래?"
"그룹이라면 어떤 회사를 말하는 건가? 아니면 특정한 단체나 팀?"
"글쎄, 이 정도론 단서가 된다고 볼 수가 없지."
"복잡하군."
최지하와 김예린은 여기서 그만 사건을 덮기로 했다.
"앞으로 공안 오빠들 말 잘 듣고 있어. 이 누나들은 간다."
"가, 가는 건가?!"
"왜? 더 놀아줘?"
"아, 아니! 절대로 아니다!"
경기를 일으키는 그를 두고 다시 대전으로 향하는 두 사람이다.

* * *

일본 C&C 그룹의 임시 이사회.

꽤 많은 숫자의 이사진이 모여 있다.

오늘의 안건은 회장직 승계에 관한 것으로, 이미 한차례 전쟁으로 인해 초토화가 되어버린 대권 주자 두 명과 실종된 다이스케 부회장이 빠진 채로 진행되었다.

다만 오늘은 다이스케의 정식 후계자인 '칼날'이 단일 후보로 회장직에 도전하게 되었다.

이사진은 한국에서 왔다는 화수를 그다지 달갑게 여기지 않고 있었으나, 정통성을 중요하게 여기는 아이자와회에서 후계자를 뒤로 물리는 일은 있을 수가 없었다.

정통성과 계보의 위치로 따지자면 당연히 화수가 첫 번째 대권 주자로 나서는 것이 옳을 것이다.

물론 그 밖에도 화수가 일으킨 전쟁에 대해서 어렴풋이 풍문으로 들은 이사진은 더 이상 반기를 들 수가 없었다.

그는 자신에게 걸림돌이 되는 사람이 있다면 어떤 방식으로든 제거했기 때문이다.

테츠야와 류노스케는 전면전을 벌였다가 경찰에게 구속되어 지금 두 계파가 전부 감옥에 들어간 상황이다.

더군다나 테츠야의 기반으로 여겨지던 시부야 유흥가의 점포들이 전부 재기 불능 상태에 빠졌으니 어지간한 강심장이 아니고서야 대권에 도전할 엄두가 나지 않았던 것이다.

두 명의 후보가 입후보하지 못하게 된 데다 부회장의 지분까지 등에 업은 화수에게 더 이상의 도전은 이미 의미가 없어졌다.

"오늘 안건에 대해 발표하겠습니다. 회장직에 입후보하기로 한 류노스케 하세가와 이사와 테츠야 나카자와 이사께서 투옥으로 인해 자동 기권되셨습니다. 그러므로 단일 후보로 나선 다이스케 아다치 부회장님께서 회장으로 자동 승격되실 예정이었습니다. 하지만 부회장님께서 칼날, 다시 말해 미스터 블레이드께 모든 권한을 일임하셨습니다. 이로써 회장직은 미스터 블레이드께서 승계하시겠습니다. 이의 있다면 손을 들어서 의사 표현을 해주십시오."

"……."

"이견이 없다면 미스터 블레이드를 회장으로 추대하겠습니다."

짝짝짝짝짝!

아무도 없는 빈집에 들어와 공짜로 회장이 되어버린 화수였지만 그 권력은 이미 무시하지 못할 정도였다.

그는 회장이 앉는 상석에 다리를 꼬고 앉았다.

"고맙습니다. 모두들 저를 믿어주시니 뭐라 감사의 말씀을 드려야 할지 모르겠군요."

"앞으로의 포부가 있다면 한 말씀만 해주시죠."

임시 이사회의 사회자이자 재무총괄 이사인 쿄지로 하기와라의 질문에 화수는 아주 짧게 답했다.

"우리 C&C 그룹은 이제 마피아와의 유착을 끊고 합법적인 그룹으로 발돋움할 겁니다. 지금까지 벌인 불법적인 사업을 접고 미국과 영국으로 진출합니다. 그와 더불어 한국 사채시장에서 한 발자국 나아가 제1금융권 은행을 인수하는 겁니다. 이것이 저의 비전입니다."

"……!"

화수의 폭탄 발언으로 인해 장내가 술렁이기 시작한다.

"아무리 우리의 자금력이 좋아졌다곤 해도 셰콜린스를 제쳐둘 수는 없습니다! 그리고 그들이 그것을 가만히 보고만 있을 리도 없고요!"

"보고만 있지 않는다면 전쟁이라도 벌일 겁니다. 더 이상 그놈들에게 끌려 다닐 수는 없지 않습니까?"

"으음."

"전대 회장님께서도 마피아와의 유착을 끊고 정통 야쿠자로서의 노선을 걷길 원하셨습니다. 저는 그 정신을 계승하려는 겁니다. 선대 회장님의 유지를 받는 것이 수하 된 도리 아니겠습니까?"

"그건 그렇지만……."

"만약 전쟁에서 안전하고 싶다면 합법적인 법인에 소속된 이사진으로 남으십시오. 그럼 피해가 갈 일이 전혀 없습니다."

"뭐, 좋습니다. 다 좋다고 치고, 그들과의 전쟁은 과연 어떻게 벌이실 겁니까?"

"나에겐 그만큼의 병력이 있습니다. 그리고 그만큼의 능력도 있고요. 방법은 내가 강구합니다. 그러니 여러분은 회사를 발전시킬 궁리만 하시면 되는 겁니다. 아시겠습니까?"

"……."

화수의 폭탄 발언으로 장내가 술렁이고 있긴 했어도 세콜린스와의 결별은 그룹 내 모든 구성원의 숙원이었다.

만약 이것이 원만하게 이뤄진다면 C&C 그룹은 정말 1금융권에 도전할 수 있는 회사로 성장할 비전이 생길 것이다.

이사회가 끝난 후 쿄지로 하기와라가 화수에게 다가왔다.

"축하드립니다, 회장님!"

"고맙습니다."

"앞으로 회장님으로서 깍듯이 모시겠습니다!"

"그래요, 잘해봅시다."

쿄지로는 그룹을 쇄신시키려는 급진파의 수장 오사무 하기와라의 아들로서, 화수가 회장으로 결정된 것을 유일하게 반기는 사람이었다.

그는 진심으로 화수를 회장으로 받들고 회사를 양지로 이끌어 나가도록 만들 생각이다.

"이제 어디로 가십니까?"

"한국에 들어가 볼 참입니다."

"비행기를 준비하겠습니다. 당분간 비서실이 재정비될 때까지 저희 재무부가 회장님을 보필하겠습니다. 그래도 되겠습니까?"

"그럽시다."

"모시게 되어 영광입니다!"

"나 역시 그렇습니다. 잘해봅시다."

화수를 달갑지 않게 보는 시선들 중에서 유일하게 우호적인 사람을 만났으니 이렇게 반가울 수가 없다.

그는 정말로 쿄지로와 함께 회사를 잘 꾸려나가 볼 생각이다.

* * *

신 명동 지구 중앙에 위치한 소매상인 연합으로 C&C 그룹의 고문회계사가 당도했다.

그는 회장의 전언이라면서 소매상인 연합의 앞에 투자금 회수에 관한 공문을 꺼내놓았다.

"우리 C&C 그룹이 투자하고 있는 신 강남 지구의 모든 지분을 회수하고 투자금을 반납할 것을 공지합니다. 이제 우리는 보유한 모든 주식을 매각하고 투자금을 전액 회수하여 일본으로 철수할 것입니다."

"뭐, 뭐요?! 그게 무슨 말도 안 되는 통보입니까?! 갑자기 이러는 법이 어디에 있습니까?!"

"법을 따지고 싶다면 변호사를 통하여 저희 법무팀에 기별을 주십시오. 법정에서 시시비비를 가려보시지요."

"…장난하자는 겁니까?! 강남의 상권이 무슨 애들 장난인 줄 아십니까?!"

"우리도 할 만큼 했습니다. 회장님의 입장도 있으니 이쯤에서 돌아서는 겁니다."

"그게 무슨 소리입니까? 입장이 있다니요?"

"자운 화학은 야차 중대와 직접적으로 연결되어 있습니다. 그들은 일본 정부와도 아주 밀착되어 있을 만큼 가깝습니다. 심지어는 그들이 일본에서 사냥하게 될 물건들이 자운 화학을 통해서 판매된다는 소리가 있습니다. 이미 한국에선 그렇게 정책이 바뀌어 시행 중이고요. 더군다나 곧 화학물 취급에 관한 법률이 다시 재정된다는 소식이 들려오고 있으니 우리도 그에 맞춰서 대처해야 할 것 같습니다. 언제까지 당신들의 그 잘난 놀음에 장단을 맞춰줄 수가 없단 말입니다."

"…결국 자운 화학이 가진 몬스터 부산물 판매권에 대한 사안 때문에 우리와 결별을 한다는 소리군요."

"그것이 가장 큰 이유겠지요."

"……."

"아무튼 저는 사실 통보를 해주었으니 아무쪼록 충분히 대비하셔서 피해를 입는 일이 없기를 바랍니다."

만약 지금 당장 C&C 그룹이 투자금을 회수해 가버린다면 소매상인 연합은 더 이상 영리 단체로 남아 있을 수가 없다.

더군다나 이제 곧 몬스터 부산물에 관한 법률이 새로 재정된다면 그들이 설 곳은 더더욱 좁아질 것이다.

이제 소매상인 연합으로선 선택지가 그리 많이 남아 있지 않았다.

"그, 그렇다면 우리도 당신들과 함께……."

"그래도 계약은 파기됩니다."

"……!"

"아무튼 저희들은 이만 철수할 테니 그렇게 아십시오."

C&C 그룹이 강남에서 퇴거하고 나면 소매상인 연합은 공중 분해되어 강남의 상권이 무너질지도 모른다.

이제 그들은 미래를 대비하기 위한 방책을 고안할 수밖에 없었다.

"…장태수 회장에게 갑시다. 그쪽에선 뭔가 뾰족한 수를 가지고 있을 겁니다."

"그럽시다!"

소매상인 연합은 그길로 장태수의 집무실로 향했다.

같은 시각, 장태수는 이제 슬슬 관계들을 정리해야겠다고 결정을 내린 상태였다.

"회장님, 기시현 의원이 면회를 좀 와달랍니다."

"필요 없어. 그냥 무시하게."

"그렇다면 소매상인 연합은……."

"돌려보내."

"예, 알겠습니다."

장태수는 자신의 앞에 앉은 열 명의 회장을 바라보며 말했다.

"여러분도 불만을 토로하실 겁니까?"

"……."

"만약 불만이 있다면 말씀하십시오. 최대한 수렴하겠습니다."

"아무리 그래도 이대로 코어 가공권에 대한 모든 것을 빼앗기는 것은 문제가 있습니다. 지금 우리가 벌여놓은 사업이 몇 개인데 이러시는 겁니까?"

"그러니까 말씀드리지 않았습니까? 그게 불만이면 그냥 나가시라고요."

"……."

"저는 아무도 잡지 않습니다. 만약 미래가 불확실하다고 생각된다면 지금 돌아서 나가면 됩니다."

"크음."

그 어떤 누구도 장태수 회장을 등지고 살아갈 자신이 없기에 자리에서 일어날 생각을 하지 못했다.

열 명의 회장은 장태수에게 앞으로의 일에 대해 물었다.

"그렇다면 앞으로 우리는 어떻게 되는 것인지 말씀해 주시지요."

"달라지는 것은 없습니다. 해오던 사업을 펼치면 되는 것이고 지금까지 이끌어온 주력 사업을 굳건히 지켜나가세요. 독과점 하나 놓쳤다고 무너질 기반이었다면 진즉 사라졌어야 맞습니다."

"…잘 알겠습니다."

장태수는 늘 하던 대로 컴퓨터를 켜서 실시간으로 올라오는 뉴스들을 읽어 내려갔다.

열 명의 회장이 서로 눈치를 보느라 바쁜 시간에도 그는 아주 평화롭게 뉴스를 읽고 원래 하던 대로 일정을 소화하고 있다.

그는 기사 1면을 장식한 글을 읽었다.

대통령 권한으로 몬스터 코어 특별법 제정, 국회에서 만장일

치 통과!

집권 여당의 반란 종식, 야당의 춘추전국시대 역시 막을 내리는 것인가?

장태수는 흥미롭다는 듯이 웃었다.

"후후, 이 사람들 말입니다. 원래부터 이런 시나리오대로 흘러갈 것을 알면서 일을 벌인 것일까요?"

"무슨 말씀이십니까?"

"기시현이 우리와 결탁하고 법안을 유리한 쪽으로만 바꾸고 있었으니 그가 외통수를 맞으면 꿈틀할 것이라는 사실은 당연한 일이었습니다. 그렇게 되면 기시현은 대통령을 끌어내리려고 발악할 수밖에 없는 상황이고요. 왜냐하면 우리에게 받아 처먹은 돈이 어마어마하니까요."

"흐음."

"집권 여당이 대통령을 끌어내리는 데 야당과 결탁했으니 결국엔 역적모의가 된 겁니다. 집권 여당이고 야당이고 전부 다 싸잡아 일망타진된 것이죠. 원래 싸움에서 지면 역적, 이기면 혁명이 되는 겁니다. 한명희가 그랬던 것처럼 말입니다."

그는 의자에 기대에 잠시 휴식을 취했다.

"후우, 한명희라… 아주 대단한 인물임에 틀림없습니다."

"……"

"다들 일어나시죠. 술이나 한잔합시다."

"그러시죠."

오늘도 역시 별반 달라질 것 없이 평온하게 술자리로 향하는 그들이다.

*　　　*　　　*

베트남에서 실종된 몬스터 부산물이 인천국제항을 통하여 한국으로 돌아온다는 소식이 들렸다.

화수는 일본에서 돌아오자마자 물건을 검수하고 없어진 것이 있는지 확인해 보았다.

검수에 참여한 유통 부서 직원들은 연이어 OK 사인을 보냈다.

"사장님, 없어진 물건은 없는 것 같습니다. 다행히도 보관 상태도 양호한 것 같고요."

"흐음, 그래요?"

"이렇게 관리를 잘해두었다니, 몬스터에 대해 잘 아는 사람들이 아닌가 싶습니다."

몬스터의 부산물을 돌려받긴 했지만 의아함을 감추지 못했다.

"이놈들, 왜 하필이면 홍강 같은 막다른 골목에서 정박하고 있던 것일까?"

"지금 그게 중요한가, 물건을 되찾은 것이 중요하지. 듣자 하니 특별법 제정으로 인해 몬스터 부산물에 관한 법률이 바뀐다고 하더군. 그 첫 번째로 이번 달 안에 몬스터 부산물 취급에 관한 시험 자격이 대폭 완화되어 일정 이상 지식이 있으면 아무나 응시할 수 있다고 하더라고."

화수의 의아함과는 다르게 최지하의 관심은 오로지 부산물 취급에 관한 법안에 집중되어 있었다.

어쩌면 지금 온 국민의 관심이 그쪽으로 쏠려 있다고 해도 과언은 아닐 것이다.

이제부터는 몬스터 부산물을 취급하고 관리하는 자격증이 총 30개로 나누어져 일반인에게 그 응시 자격이 부여될 예정이다.

정부는 이번 법안 제정으로 인해 대략 10만 개의 일자리 창출과 민생 구제의 효과가 나타날 것이라고 기대하고 있다.

아마 이제부터는 야시장이나 암거래 같은 불법으로 돈을 벌던 사람들도 사라질 것이고 민생도 훨씬 나아질 것이다.

화수는 시신을 찾았으니 이것을 새로 신설되는 몬스터 마트에 납품하고 회사를 정상 가동시킬 것을 명령했다.

"김예린 대위, 이것들을 전부 납품시키고 대금을 받아 회사로 회수해 줘. 난 각하를 만나야겠어."

"예, 알겠습니다."

화수는 다시 집무로 복귀한 한명희를 만나러 청와대로 향했다.

청와대 대통령 집무실로 가는 길.

이시은이 화수의 곁에 서 있다.

이시은은 화수에게 부산의 용역 깡패에 대해서 말했다.

"지시하신 대로 사기꾼을 잡아서 곱절로 돈을 뜯어주었습니다."

"고생 많았어."

"아닙니다. 그냥 시킨 일만 했을 뿐인걸요."

"그나저나 대령님께선 별다른 말씀이 없으셨나?"

"그냥 나중에 술이나 한잔 사라고 하셨습니다."

"그렇군."

육군 첩보단 박성화 대령은 화수와 전장에서 함께 동고동락하던 사이다.

아직 화수가 중사이던 시절, 박성화는 육군 첩보단을 이끌고 비무장지대에서 일어난 북한 특작 부대를 소탕한 적이 있다.

그때 비무장지대에 서식하던 몬스터 때문에 죽을 뻔한 박성화를 구해준 사람이 바로 화수였던 것이다.

그는 비공식적이지만 육군 첩보단을 도와 북한군 특작 부대를 체포하고 해당 통문과 수색로의 몬스터들을 전부 소탕해 주었다.

당시의 인연이 지금까지 이어져 가끔씩 비밀리에 밀서를 주고받는 사이가 된 두 사람이다.

박성화는 화수가 연락을 하기도 전에 먼저 나서 이 일을 처리하는 데 도움을 주었다.

이것은 박성화가 나라를 위해서 한 일이기도 하지만 화수를 위해서 한 일이기도 하다.

잠시 후, 대통령 집무실로 화수와 이시은이 들어섰다.

척!

"충성!"

"그래요, 어서 오세요."

한명희는 그 어느 때보다 환한 미소를 짓고 있었다.

"강화수 소령, 아니지. 이제는 중령이라고 불러야겠지요?"

"아직 정식으로 진급이 된 것은 아닙니다만?"

"아니요, 되었습니다. 내가 당신을 진급시켰거든요."

대통령 한명희는 화수에게 중령 계급장을 달아주었다.

"축하합니다."

"감사합니다. 하지만 이런 일은 굳이 각하께서 하지 않으셔도……."

"그냥 내가 해주고 싶었습니다. 당신 덕분에 우리 대한민국이 훨씬 살기 좋은 나라가 되어가고 있으니 말입니다. 앞으로도 계속 나의 곁에서 일해주실 거지요?"

"특사의 일을 계속 말입니까?"

"부담스럽다면 그만두어도 좋습니다만, 그렇게 된다고 해도 저는 끝까지 당신을 잡을 겁니다."

"그렇다면 계속 특사로 남아 있어야겠군요."

"하하, 고맙습니다."

한명희는 이시은에게도 표창장을 건넸다.

"대통령 표창입니다. 아마 국정원에서 진급 심사에 당신을 1순위로 올리겠지요."

"감사합니다, 각하."

"앞으로도 강화수 중령을 잘 보필해서 애국하시기 바랍니다."

"예, 알겠습니다."

한명희는 두 사람에게 청송에서 만든 막걸리와 한산 소곡주를 한 병씩 주었다.

"받으세요. 선물입니다."

"감사합니다. 감사히 마시겠습니다."

"나중에 시간이 된다면 꼭 함께 술 한잔합시다. 빠른 시일 내에 내가 자리를 마련할 테니 말입니다."

"여부가 있겠습니까?"

이로써 화수의 특사 자리는 한명희가 물러날 때까지 지속될 것이다.

제8장
여인의 애프터 신청

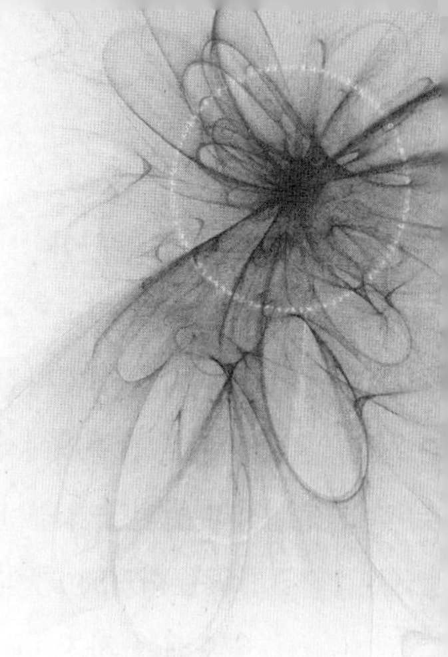

이른 아침, 화수가 깔끔한 정장을 빳빳하게 다리고 머리에는 요즘 유행한다는 포마드까지 발랐다.

칼같이 각을 잡은 정장에 2:8 올림 가르마로 머리까지 세팅하고 나니 아주 신수가 훤해진 화수이다.

"흐음, 뭔가 좀 허전한가?"

"오빠, 오늘 어디 가?"

"데이트."

"데, 데이트?!"

연수는 일요일 아침에 늦잠을 자고 있던 지수를 깨웠다.

"언니! 큰일이야! 오빠가 드디어 미쳤나 봐!"

"으음, 뭐라고?"

"데이트하러 나간대!"

순간, 잠자리에서 벌떡 일어선 지수가 화수의 복색을 이리저리 살피다 입을 떡 벌렸다.

"허, 허억! 이게 다 뭐야?! 너, 미쳤어?! 갑자기 왜 이래?!"

"오해는 하지 마. 그냥 선 자리에서 만나 사람과 세 번 데이트하기로 했을 뿐이니까."

"어라? 그 아나운서와는 그냥 친구로 지내기로 한 것 아니었어?"

"아니, 그 여자 말고. 기무사에서 소개 받은 여자 있어."

연수는 잔뜩 실망했다는 표정을 지었다.

"…오빠, 쓰레기였어?"

"뭐, 뭐라고?! 내가 왜 쓰레기야?!"

"한 번에 두 여자를 가지고 저울질하다니, 양아치들이나 하는 짓이라고."

그는 더 이상 할 말을 찾지 못했다.

"그, 그건 아니고……."

"아무튼 올바른 선택을 하길 바라. 괜히 마음도 없는데 이리저리 찔러보고 다니지 말고."

설마하니 집안의 가장 꼬맹이에게 이런 소리를 들을 줄은 상상조차 못한 화수는 기분이 묘해졌다.

"너 혹시……."

"혹시 뭐?"

"연애하고 다니냐?"

"이 아저씨가 이제 와서 뭐래? 요즘 학생 중에 연애 못하는 애들도 있어?"

"……!"

"아무리 내가 몸이 아파도 할 건 다 하고 돌아다녀. 내 남자친구는 오빠가 없을 때마다 나를 학교에서 집까지 데려다주는 소중한 사람이라고. 알고는 있어?"

화수가 곁눈질로 지수를 바라보자, 그녀는 깊은 한숨을 내쉬었다.

"네가 집에 잘 없으니까… 그렇다고 나라고 한가한 것도 아니고."

요즘 음식점을 오픈하겠다며 요리 학원에 다니면서 주방 보조로 일하는 지수에게 여유란 있을 수 없었고, 화수 역시 일이 바쁜 것은 마찬가지였다.

두 사람이 신경 쓰지 못하고 있는 사이에 연수는 자신만의 방법으로 고독에 대한 돌파구를 찾고 있던 것이다.

화수는 합죽이가 되어버렸다.

"험험, 용돈 안 필요해?"

"그저 돈이면 다 되는 줄 알지. 하여간 오빠도 아저씨가 다 되어가는구나."

"그, 그건 아닌데……."

"용돈 남았어. 그러니까 하던 데이트 준비나 잘 하셔. 난 이만 자러 갈게."

오늘따라 유난히 날이 서 있는 막냇동생을 바라보는 화수의 눈동자가 흔들렸다.

"쩝, 아침부터 괜히 무안을 주고 난리야?"

"네가 이해해라. 오빠가 안 하던 소개팅을 하러 다니지 않나, 여자와 술자리를 갖는다고 늦게 들어오질 않나, 서운할 만도 하지."

"그렇지만 내가 장가를 드는 것이 또 하나의 목표라고 말했단 말이야."

"넌 사춘기 소녀의 말을 곧이곧대로 다 믿니?"

"……."

"하여간 여자를 몰라도 너무 몰라."

화수의 얼굴이 점점 일그러지는 것을 보다 못 한 지수가 그의 등을 떠밀었다.

"집에서 우거지상 하고 있을 것이라면 어서 그냥 나가 버려. 빨래하고 집 안 청소 좀 하게."

"아, 알겠어."

그는 쫓기듯 집에서 나와 청주로 향했다.

* * *

김다해는 본가가 청주에 있어서 평소엔 서울에서 생활하다가 주말마다 본가로 내려갔다.

화수는 그녀의 본가가 있는 청주 팔각정 인근으로 향하는 중이다.

그는 청주로 가는 길에 라디오를 틀어 대통령 탄핵안이 어떻게 되었는지 청취하고 있었다.

―…국회의원 기시현 씨의 법정 구속으로 인해 탄핵안은 그 탄력을 잃고 흐지부지 되고 말았는데요, 집권 여당의 반란을 제압한 속사정, 김태호 기자가 전합니다.

[오늘 오전 구치소에 수감된 국회의원 기시현 씨는 모든 증거가 충분하고 증인들의 참고인 진술에도 불구하고 혐의를 부인하고 있습니다. 하지만 이미 그의 혐의가 입증된 바, 법정 구속이 불가피했다는 것이 검찰의 설명입니다. 이로써 집권 여당은 다시 한 번 대표를 선출해야 할 사태에 직면했고, 한명희 대통령은 다시 집무로 복귀하게 되었습니다. 한편, 정치 전문가들은 뒤통수에 칼을 맞은 한 대통령이 과연 어떻게 집권

여당을 수술하게 될지 귀추가 주목된다고 전했습니다.]

한차례 폭풍이 일어난 대한민국에 다시 평화가 찾아오는 것 같아 한결 마음이 편해진 화수이다.

몬스터의 습격으로 한바탕 난리가 났던 미호천과 팔각정 호수 공원은 이제 평화로운 예전의 모습을 되찾고 있었다.

이제 곧 지상군이 다시 진군하여 몬스터를 대대적으로 토벌할 예정이니 앞으로 대한민국에는 이런 공원이 더 많이 질 것이다.

팔각정 앞에 차를 세운 화수는 그녀와 만나기로 한 시간이 얼마나 남았는지 확인해보았다.

11시 15분.

오늘 약속 시간은 12시 정각이다. 화수가 꽤 일찍 자리에 나온 것이다.

"으음, 그럼 산책이나 좀 해볼까?"

주차장에 차를 세워둔 화수는 팔각정 호수 공원을 거닐면서 한가로운 주말을 즐겼다.

그러던 바로 그때, 그의 핸드폰이 울렸다.

지이잉!

요즘 새로 시작한 SNS의 대화방에서 누군가 메시지를 보낸 것이다.

차성희: 화수 씨, 오늘은 날씨가 맑았다가 흐리대요. 오늘 저녁에 뭐하세요? 날씨도 흐린데 술이나 한잔할래요?

화수는 메시지를 받았지만 쉽사리 답장을 할 수가 없었다.

"으음, 이런, 어쩌지?"

화수의 원래 성격대로라면 아주 시원스럽게 피치 못할 사정으로 데이트에 나왔다고 말했겠지만, 오늘 아침에 있던 연수의 일침 때문에 마음이 언짢아져 있었다.

정말 자신이 쓰레기라도 된 것 같은 생각이 들어서 이제 막 술친구가 된 차성희에게 미안한 마음이 들었다.

"어려운 선택이군."

한참 동안 핸드폰을 들여다보고 있는 화수에게 불현듯 누군가 다가와 말했다.

"어렵긴, 그냥 사실대로 말해 버려요."

"…까, 깜짝이야!"

화들짝 놀란 화수가 고개를 돌리자 그곳엔 이제 아홉 살가량 된 소녀가 서 있다.

"너, 넌 누구니?"

"그냥 지나가던 사람이요."

"…뭐?"

"어지간하면 그냥 지나가려고 했는데, 워낙 답답해 보여서요. 아저씨, 누가 요즘 그렇게 답답하게 연애를 해요?"

"그, 그럼?"

"어중간하게 굴지 말고 딱 선을 그어요. 친구 사이면 아직 친구 사이니 어쩌다 스케줄이 잡혀 약속 장소에 나왔다고 말을 해요. 누가 보면 바람이라도 피우는 줄 알겠네."

"내가 아직 싱글이라는 건 어떻게 알았어?"

"하는 짓을 봐요. 연애를 한 번이라도 해본 사람은 그렇게 행동하지 않아요."

"그, 그렇구나."

"그 여자가 마음에 들면 오늘 약속 장소에 나온 사람과는 적당히 밥만 먹고 술자리에 나가요. 그게 아니면 반대로 하고요."

"으음."

"거참, 사람 참 답답하게 만드는 스타일이군요. 그래서 어디 연애나 제대로 하겠어요?"

"뭐, 뭐야?"

"아무튼 잘해봐요. 그렇게 어중이떠중이처럼 굴면 양쪽 모두 다른 놈에게 빼앗기고 말걸요? 나 같아도 아저씨 같은 허접은 안 만날 것 같으니까요."

"……."

화수가 왜 이렇게 연애에 대해서 고심하고 소극적이냐면 그는 전생에 연애다운 연애를 해본 적이 없었다.

무소불위의 권력이 있는데 굳이 여자를 취하는 데 공을 들일 필요가 없었던 것이다.

손가락 하나 펼쳐서 까딱거리기만 하면 알아서 벗으니 그에게 연애라는 관념은 그저 머저리 같은 짓에 불과했다.

'하긴, 내가 좀 구식이긴 하지.'

연식으로 따지면 한참 오래된 화수는 자신이 소위 말하는 '연애 고자'임을 시인할 수밖에 없었다.

화수는 아주 결연한 표정으로 핸드폰을 잡았다.

오늘 약속이 있는데…….

"……."

첫 문장부터 막혀 버렸다.

'약속이라는 말을 먼저 꺼내 버리면 오해를…….'

한 문장을 쓰는 데도 이렇게 고심을 하니 도저히 뭔가 될 기미가 보이지 않는다.

"아아, 보다가 암 걸리겠네! 이리 줘봐요!"

"어, 어이, 꼬마야!"

아홉 살짜리 연애 고수는 자신이 알아서 메시지를 작성해 발신을 눌렀다.

약속이 있어요. 점심만 먹고 집에 갈지 저녁까지 함께 있을지는 잘 모르겠습니다. 만약 만나봐서 저녁까지 함께 있지 않을 것이라면 술 한잔하시죠.

화수는 자신이 생각해도 아주 완벽한 문장이 완성되어 감탄을 금치 못했다.

"오, 오오! 이런 자연스러운 문장이… 어린 아이가 썼다곤 전혀 믿기지가 않아!"

"바보예요? 나이에 맞게 보내야 상대방이 납득을 하죠. 후우, 이런 바보 같은 아저씨가 다 있나?"

그녀는 히죽히죽 대는 화수에게 손바닥을 펼쳤다.

"내놔요."

"뭘?"

"대필을 해줬으면 돈을 내야 할 것 아닌가요?"

"……."

"싫어요?"

화수는 그녀에게 천 원짜리 하나를 건넸다.

"자, 옜다."

"…이 아저씨가 나를 아주 거지로 보네? 이봐요, 요즘 천 원이면 아이스크림 하나도 못 사먹어요. 알아요?"

"그럼 뭐 어쩌라는 거야?"

"만 원. 만 원은 있어야 뭘 해도 하죠. 그리고 반응이 좋은 것이 확실하니까 찌질하게 굴지 말고 만 원 뱉어요."

"뭐야?! 이게 정말, 사람이 보자 보자 하니까 보자기로 보이나."

그녀를 바라보며 그저 넋을 잃은 화수에게 개량 한복을 입은 김다해가 다가왔다.

"화수 씨?"

"다, 다해 씨?!"

"여기서 뭐 해요?"

"그, 그게 그러니까……."

꼬마는 다해를 바라보며 실소를 흘렸다.

"훗, 꼴에 보는 눈은 있어가지고."

"…뭐라고?"

"아줌마, 이 아저씨 좋아해요?"

"……."

"좋아하면 이 아줌마도 글러먹었네. 둘이 잘해봐요, 이 천 원짜리야!"

다해는 멀어지는 의문의 꼬마를 바라보며 고개를 갸웃거렸다.

"뭐, 뭐죠?"

"…그러게 말입니다."

두 사람은 다소 멍한 표정으로 꼬마를 바라보았다.

* * *

청주 팔각정 앞.

검은색 정장에 선글라스를 쓴 남자 네 명이 멀리서 한 지점을 뚫어져라 지켜보고 있다.

그중에 한 명이 다급한 목소리를 낸다.

"…아가씨가 어떤 남자에게 다가가는데요? 어어, 돈을 받습니다!"

"내버려 둬. 아가씨가 하시는 말씀 못 들었나?"

"그, 그렇긴 합니다만 저놈이 납치범이면 어쩝니까?"

"납치할 기미가 보이면 발포한다."

"바, 발포요?"

"대통령의 영애가 납치되는 것보다야 발포하는 편이 낫다."

"알겠습니다!"

잠시 후, 남자에게 여자가 다가오자 그녀는 돌아섰다.

"화가 많이 나신 것 같은데요?"

"뭐가 뜻대로 잘 안 되신 모양이지."

사내들은 자신들이 아가씨라 부르는 대통령의 영애 한조이를 맞이했다.

"아가씨, 오셨습니까?!"

"…이봐요, 들. 왜 자꾸 나를 아가씨라고 불러요? 이러니까 내가 제대로 친구를 못 사귀는 거예요. 알아요?"

"그래도 이게 저희들의 일입니다. 부디 이해를 좀……."

"됐으니까 집에나 가요. 산책은 개뿔, 서울이 훨씬 좋네."

"알겠습니다!"

그들은 방탄유리로 된 차량에 그녀를 싣고 다시 청와대로 향했다.

*　　*　　*

청주의 시가지로 나온 화수는 그녀에게 오늘의 일정에 대해 물었다.

"오늘은 뭘 할 겁니까?"

"남들은 보통 데이트를 어떻게 하는데요?"

"으음, 글쎄요. 저도 데이트를 해본 적이 별로 없어서요. 특히나 요즘은 남녀가 뭘 하고 돌아다니는지 도통 알 수가 없습니다."

"그럼 구닥다리 데이트나 하죠."

"어떻게요?"

"빵집이나 갈까요?"

"빠, 빵집이요?"

"이 근처 공심당이 잘해요."

"그, 그렇군요."

"예전에 부추빵이 처음 나왔을 때 그곳에서 먹어봤는데, 꽤

먹을 만했던 것 같아요. 요즘엔 뭐 별의별 것을 다 팔더라고요."

"뭐, 그게 아니면 다방이나 갈까요? 영화 관람도 괜찮고요."

화수는 그녀가 일부러 이러는 것인지 아니면 원래 그런 것인지 감이 오지 않았다.

세상을 책으로만 배웠다고 해도 이런 단어들을 구사하는 것은 쌍팔년도 책자만 들입다 파도 될까 말까 한 일이다.

하지만 화수는 원래 사상이 꽤 긍정적인 사람이다.

'이것도 매력으로 치면 꽤 상급이라고 해야 하지 않겠어?'

화수는 그녀에게 다음 행선지에 대해 말했다.

"빵집에 갔다가 영화 관람을 하고 다방에 가시죠."

"아아, 그런 방법이?"

"갑시다. 앞장서요."

"그래요, 가요."

두 사람은 나란히 걸어서 대전, 청주 등지에서 제일 유명한 베이커리로 향했다.

빵과 칼국수를 사랑하는 충청도의 특성상 베이커리와 칼국수 집은 상당히 성황리에 운영된다고 볼 수 있다.

총 7층으로 된 공심당 건물엔 발 디딜 틈 없이 사람이 꽉꽉 들어차 있었다.

웅성웅성!

"와, 사람이 왜 이렇게 많아? 빵집이라는 것이 그냥 빵집이 아니군요?"

"요즘 이곳으로 데이트하러 많이 온다고 하더군요. 제 조카가 가끔 데리고 와서 그렇게 말했습니다."

"그렇군요."

대략 100년의 전통을 가진 공심당은 독자적인 제빵 기술과 지역 특화 상품을 끊임없이 개발하여 이미 충청도의 랜드마크가 된 지 오래였다.

화수의 입장에서 본다면 난생처음 빵집에 온 것이지만, 그거야 먹고살기 바빠서 유년 시절이라는 것이 없는 화수에게만 국한된 것이다.

대전이나 청주 등지의 학생들은 이미 이곳을 약속 장소로 꽤 많이 정해놓고 다니는 실정이었다.

화수는 새삼 자신이 얼마나 세상을 모르고 살았는지 절감했다.

'그러고 보니 나는 영화관이라는 곳을 아예 가본 적이 없네?'

카페나 영화관, 극장, 베이커리, 아이스크림 전문점, 노래방 등등, 화수는 태어나서 못 해본 것이 너무나도 많은 사람이었다.

그는 겸연쩍은 얼굴로 말했다.

"사실 저는 영화관이고 뭐고 문화생활이나 놀이 문화를 접해본 적이 한 번도 없어요. 어려서부터 집안이 어려워 먹고살기 바빴거든요."

"저도 그래요. 집안이 정통 사대부 집안에 다들 가부장적이라 공부 말고는 해본 적이 없어요. 그나마 어머니가 내 신변은 스스로 지키라고 이종격투기와 삼보를 배우도록 했죠. 만약 그것도 아니었다면 저는 국정원 요원은 꿈도 못 꾸었을 겁니다."

"흐음, 우리는 은근히 닮은 점이 참 많군요."

"그러게 말이죠."

화수는 자신이 못 해본 것들에 대한 한을 조금씩 풀어보고 싶었다.

"어서 먹고 영화관에 갑시다. 그런 후엔 다방도 가고 노래방도 갑시다."

"으음, 좋아요. 그런데 영화관은 어떻게 가는 겁니까? 생전 영화관을 가본 적이 없어서요. 표는 어떻게 사고 영화는 또 어떻게 관람하는 겁니까?"

"부딪쳐 보면 별것 아닐 겁니다."

"으음, 그렇군요."

그는 어느새 그녀와 동질감을 느끼며 데이트가 즐거워지려던 참이다.

바로 그때, 화수의 핸드폰이 울렸다.

지이이잉!

최성희: 그럼 늦게라도 전화 줘요. 기다리고 있을게요.

화수는 답장을 보내려다 말고 핸드폰을 내려놓았다.

"답장 안 해요?"

"괜찮습니다. 일단 내 앞에 있는 사람이 더 중요하니까요."

"으음, 그건 그렇지요. 저도 그래서 전화 대신 삐삐를 가지고 왔습니다."

"요, 요즘에도 삐삐가 있어요?"

"왜 없습니까? 내가 아주 잘 이용하는 건데."

그녀는 화수에게 삐삐를 하나 건넸다.

"원한다면 쓰세요. 사서함 비밀번호는 전화 한 통이면 바꿀 수 있어요. 현재 비밀번호는 1234입니다."

"제가 받아도 됩니까?"

"안 될 것 없죠. 명의 이전은 서비스 센터로 전화하면 해줄 겁니다."

"고맙습니다."

태어나 처음으로 여자에게 선물을 다 받아본 화수이다.

'그러고 보니 이런 선물은 처음이군.'

권력을 쥐고 있다는 것은 이런 소소한 선물을 받아볼 기회조차 앗아간다.

전생에 무소불위의 권력을 휘두른 화수는 오히려 그 권력 때문에 소소한 기억조차 없는 사람이 되었다.

'씁쓸하군.'

그러나 이제부터 그는 자신이 느껴보지 못한 것들을 즐기면서 살아가면 된다고 생각했다.

"무슨 빵 좋아해요?"

"단팥?"

"나는 곰보가 좋아요."

"아아, 그것도 괜찮죠."

두 사람은 처음부터 천천히 세상을 즐기는 법을 배워나간다.

*　　*　　*

오후 다섯 시, 이제 슬슬 시간이 저녁으로 흘러가고 있다.

[안녕하세요. 오후의 데이트 배지나입니다. 오늘은 유난히도 날이 더웠죠? 이런 날엔 딱 에어컨 틀어놓고 맥주나 한잔하면 좋겠는데 말이에요. 그런 마음을 아는 걸까요? 저녁부터 중부지방을 중심으로 비가 내린다고 하니 다들 우산 준비하시는 것이 좋겠어요. 자, 그럼 오후의 데이트, 시작하겠습니다.

시작은 비에 어울리는 노래로 해볼까 해요. 비스트가 부릅니다. 비가 오는 날엔.」

공영방송의 간판 앵커이자 라디오 오후의 데이트 진행자인 배지나는 요즘 가장 '핫한' 아나운서이다.

최성희는 그런 그녀의 라디오를 들으며 드라이브를 즐기고 있다.

딩디디디딩!

—세상이 어두워지고 조용히 비가 내리면…….

그녀는 어둑어둑한 하늘을 바라보다가 이내 차를 세웠다.

자동차 비상등을 켜놓은 채 정차한 그녀는 깊은 한숨을 내쉬었다.

"후우, 이게 지금 뭐 하는 짓인지 모르겠네. 후배 방송 듣고 우울해져선……."

원래 배지나가 맡고 있는 자리는 전부 차성희의 것이었다.

만약 그녀가 간판에서 내려오는 일만 없었어도 배지나는 지금쯤 변두리 지방 방송국 아나운서 생활이나 하고 있을 터이다.

차성희는 현재 대전 지방방송국의 아나운서 실장으로 근무하고 있다.

그녀는 중앙 방송국에서 밀려나 지방으로 발령을 받으면서 TV에 나올 기회를 잃고 말았다.

물론 이 생활에 적응하지 못한 것은 아니지만 자신의 자리를 잃어버린 공허함은 그 어떤 것으로도 채울 수가 없었다.

차성희는 화수에게 전화를 걸었다.

—지금 고객님께서 전화를 받지 않아…….

그녀는 씁쓸하게 웃었다.

"피이, 나름대로 용기를 내서 전화한 건데 또 안 받네."

벌써 다섯 번째 전화를 하고 있지만 화수는 여전히 전화를 받을 생각도 하지 않았다.

어째 오늘은 홀로 술을 마셔야 할 것 같은 생각이 들었다.

'이 나이 먹고 함께 술 마실 사람도 없다니, 난 도대체 뭘 하면서 살았던 것일까?'

5년 전 그녀는 안성 그룹 장태수의 조카가 낙하산으로 들어온 것을 반발했다가 지방으로 좌천되고 말았다.

그때의 그녀는 자신의 신념을 지키기 위해 무엇이든 다 하겠다고 마음먹었지만, 지금은 후회하는 감정이 밀려들었다.

간판 아나운서의 자리를 지키기 위해 남자는 물론이고 친구와 가족들까지도 제대로 만나지 않고 살았는데 막상 타이틀을 잃고 나니 남는 것이 없었다.

그녀는 이럴 줄 알았으면 아나운서 말고 다른 직업을 하는 것이 어땠을까 하는 생각을 해본다.

"평범하게 회사나 다니면서 살 걸 그랬나? 요즘은 선생님도 꽤 괜찮은 것 같던데."

태어나 처음으로 이직이라는 것을 생각해 본 그녀이다.

멍하니 앉아 하늘만 바라보고 있는 그녀에게 메시지가 도착했다.

지이이잉!

이제 막 중령 된 화수 씨: 영화를 보고 있어서 전화를 못 받았습니다. 이것 참, 처음 영화관에 와봐서 뭐가 뭔지 정신이 하나도 없더군요.

그녀는 실소를 흘렸다.

"후후, 영화관엘 한 번도……."

순간, 그녀는 화들짝 놀랐다.

"어머나, 그러고 보니 나도 영화관을 한 번도 가본 적이 없네?"

여고, 여대를 졸업하고 난 후 곧바로 아나운서 시험에 붙은 그녀는 제대로 문화생활을 즐겨볼 여유가 없었다.

순간, 그녀는 갑자기 화수가 누군가와 영화를 보았다는 사실에 질투가 났다.

"잠깐, 보통 영화는 여자와 함께 보는 것 아니야? 이 사람이 정말……."

화가 나서 문자를 막 찍으려던 그녀는 순간적으로 손가락을 멈칫했다.

"…아니지. 화수 씨가 누구와 영화를 보던 상관이 없지. 나랑은 그냥 술친구인데."

바로 그때, 그에게서 전화가 왔다.

따르르르릉!

가만히 전화를 바라보던 그녀는 전화기를 엎어버렸다.

"쳇, 나도 전화 안 받아! 나도 성질이 있다고!"

혼자 토라져 전화를 엎은 그녀는 채 5초도 되지 않아 마음을 바꾸어먹었다.

일단 목소리부터 가다듬은 그녀는 전화를 받았다.

"흠흠, 여보세요?"

—아아, 성희 씨? 미안합니다. 내가 처음 영화를 보느라…….

"그랬군요. 영화는 재미있었어요?"

—음, 확실히 집에서 비디오로 보던 것과는 다르더군요.

"비디오요?"

—제가 영화를 마지막으로 보았을 때엔 비디오밖에 없었습니다.

"쿡쿡, 그래요? 하긴, 나도 영화는 CD로 본 것이 마지막이니까요. 영화관은 좋아요? 듣기론 먹을 것도 막 팔고 그런다던데."

—뭐, 그럭저럭? 그나저나 성희 씨도 영화관에 안 가봤습

니까?

"헙!"

자신도 모르게 말실수를 한 그녀는 눈을 질끈 감았다.

'또 말렸네.'

왜 자꾸 강화수라는 사람만 만나면 말이 많아지는 것인지 도통 알 수가 없는 그녀이다.

—아무튼 간에 지금 대전으로 갑니다. 오늘의 주종은 뭡니까?

화수가 온다는 소리에 그녀는 자기도 모르게 툭하고 말을 내뱉었다.

"나도 영화관 가보고 싶어요. 술은 영화를 보고 나서 마셔요."

—…그럴까요?

"피, 피곤하면 무리하지 않아도……."

—괜찮습니다. 영화 몇 편 본다고 피로가 누적되지는 않아요. 그리고 영화관엔 맥주도 팔더군요.

"어머나, 정말요?"

—세상에, 영화관에서 맥주를 다 팔다니. 이게 무슨 말도 안 되는 일입니까? 이러다간 영화관에 호프가 생길 판입니다.

"호호, 그러게요."

—아무튼 금방 갈 테니 문화동에서 봅시다. 그 근방 술집

이 또 기가 막힙니다.

"기다리고 있을게요."

어느새 화수와의 만남을 고대하게 되는 그녀이다.

* * *

대전 문화동에서 영화를 본 후 극장가 맞은편에 있는 술집으로 향하는 화수와 성희다.

성희와 화수는 아까부터 오늘 본 영화에 대한 얘기뿐이다.

"세상에, 설마하니 그런 반전이 있을 줄이야."

"저는 사람들이 방송에서 자꾸 '무엇이 그렇게 중요한가?' 라고 말하기에 그 장면이 궁금하긴 했어요. 반전을 대충 알고 봐도 재미있네요."

화수는 한껏 들뜬 그녀를 데리고 최지하와 함께 다니던 술집으로 들어섰다.

드르륵!

미닫이문으로 된 술집의 입구엔 '외상 사절'이라고 쓰여 있었다.

"어머나, 어서 와!"

"이모, 잘 지내셨어요?"

"아이고, 물론이지! 그나저나 우리 강 팀장, 여전히 잘생겼네?"

"이모도 여전히 아름다우십니다. 우리 이모, 이러다가 새 시집가는 거 아니야?"

"어머나, 호호호! 고마워!"

화수는 자신이 해보지 못한 일이 너무 많다는 것과 자신과 처지가 비슷한 사람이 꽤 많다는 것을 깨달았다.

성희가 영화관에 못 가본 사람이라는 것을 알았을 때, 화수는 친구로서 해줄 수 있는 일이 있다고 생각했다.

그는 친구를 위해 청주에서 한달음에 대전까지 달려왔다.

술친구도 친구라, 화수는 어느새 성희를 그렇게 생각하고 있었던 것이다.

"술은 뭐가 좋아요?"

"소주?"

"역시 뭔가 통하는 것이 있어요."

"쿡쿡, 그렇죠?"

오늘도 이렇게 술자리가 익어갈 모양이다.

늦은 밤, 청주 한옥 마을에 있는 청주 김 씨의 종가에 불이 켜져 있다.

"아가씨 오셨습니까?"

"그래요, 별일 없었죠?"

"예, 그렇습니다."

그녀는 집으로 돌아오자마자 삐삐부터 확인했다.

—네 개의 메시지가 있습니다.

—…과장님, 국정원입니다. 다름이 아니라…….

—건 수가 있어. 전화 줘.

국정원에서 온 메시지가 두 개, 부업 때문에 온 메시지가 한 개였다.

그녀는 마지막으로 온 메시지를 청취했다.

—다해 씨, 삐삐 고맙습니다. 잘 쓸게요. 아 참, 그리고 다음 데이트 때엔 꼭 노래방에 가봅시다.

메시지를 들은 그녀는 자신도 모르게 미소를 지었다.

'순진한 척하는 줄 알았더니 정말로 순진한 사람이었군.'

처음엔 그냥 호기심으로 만나보려 하던 화수는 그녀의 예상을 훨씬 뛰어넘는 순수함이 있었다.

그녀는 슬슬 두 번째 데이트가 기대되기 시작했다.

제9장
사람을
잡아먹는 흙

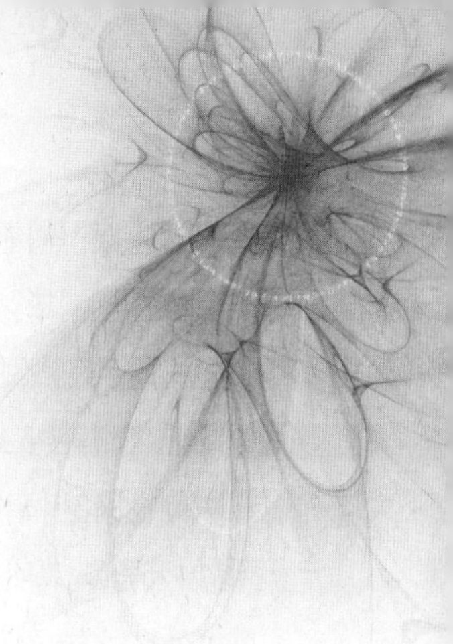

9월 초, 중국 허페이성의 백리협곡에서 기이한 현상이 관측되었다.

현재 태항산맥은 몬스터들의 점령으로 인해 민간인의 출입이 아주 엄격하게 금지된 곳이다.

그 이유가 바로 오크과 고블린이 8월 초에서 9월 초순 사이에만 그 수가 무려 98% 이상 증가한 것이다.

중국 정부는 이 사건을 자세히 조사하기 위해 인력을 파견했으나, 그들과 연락이 끊어진 지 벌써 일주일이 지난 상태였다.

대규모 군사작전을 펼치기엔 백리협곡이 매우 길고 깊기 때문에 시작하기도 전에 작전이 흐지부지되고 말았다.

이에 중국 정부는 세계 최고 수준의 전문가인 화수와 야차 중대를 초빙하여 조사를 맡기기로 했다.

이번 사건이 얼마나 중요한지 중국 공산당과 국가 주석이 직접 서문을 보내고 대통령 직속 라인으로 대사가 파견되어 한국까지 오는 것을 보면 알 수 있었다.

까다롭기로 유명한 중국 대사는 5성 호텔의 스위트 룸도 마다하고 야차 중대가 있는 대전의 모텔에서 하루 숙박을 했다.

그는 더 이상 지체할 시간이 없다며 화수가 짧은 휴가에서 복귀할 때까지 둔산동에서 죽치고 기다리는 정성까지 보였다.

자운대 수렵 사령부는 한국에서와 같이 야차 중대가 사냥하는 사냥감을 전부 자운 화학이 처분한다는 조건을 달고 파병을 최종 승인하였다.

그리하여 화수와 야차 중대는 K-77 수송기를 비롯한 모든 장비를 챙겨 중국으로 파병을 가게 되었다.

중국 허페이성으로 가는 길, 화수는 자운대에서 하달 받은 명령에 대해 설명하고 있다.

"우리가 1차 베이스캠프를 칠 곳은 백리협의 우각봉이다. 이곳에서부터 연락이 두절되었다고 하니 수송기를 그곳에 세우고 전술 차량을 이용해 이동하는 것이 좋겠지?"

"백리협은 상당히 위험합니다. 아시다시피 협곡이 워낙 길어서 몬스터의 습격에 취약할 수밖에 없습니다."

"별수 없지. 우리의 일이 항상 이렇지 않나?"

그는 중국 정부가 제공한 몇 장의 위성사진을 자석 칠판에 매달았다.

사진에는 협곡 내부에서부터 모래가 쏟아져 나오고 있는 풍경이 그려져 있었는데, 마치 거대한 산사태가 난 것 같은 형국이다.

강하나가 사진을 바라보며 말했다.

"산사태? 9월에 장마가 졌습니까? 무슨 흙이 저렇게 많이 쏟아져 나왔지?"

"이건 산사태가 아니다."

"저게 산사태가 아니면 뭡니까?"

최지하는 고개를 갸우뚱하는 그녀의 얼굴을 자신의 볼에 대고 마구 비비면서 말했다.

"으헝헝! 귀여워! 이게 어떻게 산사태로 보여?"

"…그럼 뭔데요?"

"이건 식토야."

"식토?"

"아마 수렵을 자세히 공부했다고 해도 식토에 대해선 들어본 적이 없을 거야. 식토는 아주 희귀한 놈들이거든."

화수는 그녀에게 식토에 대해 자세히 설명해 주었다.

"식토, 그러니까 한마디로 사람을 잡아먹는 흙이다. 흙이 스스로 움직이면서 주변의 모든 동식물을 먹어치워서 이런 이름이 붙었어."

"흐, 흙이 사람을 잡아먹다니?! 그게 가능합니까?"

"그래, 이론적으론 불가능하다. 하지만 몬스터는 모두 다 과학적으로 설명이 불가능한 존재들이야. 식토라고 별반 다를 것이 없지."

"으음."

"자운대에서 이 사진을 받았을 때 우리 야차 중대를 파견하지 않겠다고 아주 단호하게 말했다고 하더군. 우리 야차 중대가 아주 오래전에 식토 때문에 몰살을 당할 뻔한 적이 있거든."

"…레서 드래곤보다 위험합니까?"

"때에 따라선 그럴 수도 있지. 그나마 다행인 것은 백리협곡의 대부분이 바위로 되어 있어서 몸집을 불릴 수 있는 여건이 갖추어지지 않았고, 최근엔 사람의 왕래가 아예 없었다는 점이지."

"그럼 그냥 폭탄을 투하해서 없애면 안 됩니까? 네이팜탄이라든지 헬파이어 미사일이라든지 말입니다."

"그게 쉽지가 않다. 아직 식토가 사람을 잡아먹고 소화를 시키지 않았다면 그들은 여전히 흙 속에 묻혀서 살아 있을 가능성이 높거든."

"상당히 복잡한 작전이군요."

"모든 작전은 복잡하다. 물론 이번 작전이 좀 까다로운 것은 사실이지만 크게 걱정할 필요는 없다."

"헤헤, 우리 애기, 무서워?"

"…무서운 것은 아니고……."

"이 언니가 있는데 뭐가 걱정이야? 우리 애기는 이 언니만 믿으면 되는 거야. 알겠지? 우쭈쭈, 내 새끼!"

"……."

최지하가 든든하긴 하지만 이렇게 너무 노골적이고도 농도가 진한 관심과 사랑은 여전히 부담스러운 강하나이다. 하지만 최지하는 여전히 그녀를 끌어안고 볼을 비비거나 뽀뽀를 하는 등의 행동을 서슴지 않았다.

처음엔 왜 저러나 싶던 김예린도 이제는 그저 그러려니 하고 내버려 두는 눈치다.

"그렇다면 만약 백리협에서 외통수를 맞으면 어떻게 합니까? 퇴로가 좁아서 도망칠 구석이 별로 없을 텐데."

"비행기를 타고 이동한다. 비행기에서 전술차량을 타고 이동했다가 도망칠 때에도 전술차량을 비행기에 싣고 날아가는 거다."

"쉽지 않은 작전이 될 겁니다."

"물론이다."

언제나 그랬듯 화수는 불구덩이로 자신을 내던진다.

"도착까지 한 시간 남았다. 모두들 충분히 휴식을 취할 수 있도록."

"예, 대장님."

오늘따라 야차 중대원들의 표정에 긴장감이 가득하다.

* * *

고오오오!

을씨년스러운 바람이 불어오는 백리협 초입에 비행기를 세운 야차 중대가 전투 준비를 갖추었다.

―대장님, 투입 3분 전입니다.

"알겠다."

비행기 조종사 최산용 대위의 목소리가 방송을 통하여 화수에게 전달되었다.

이제 야차 중대는 마지막으로 투입 전 브리핑을 했다.

"목표 지점은 일선천이다. 특히나 협곡 인근 케이블카를 경계하는 것이 좋을 것으로 분석된다. 모두들 바짝 긴장할 수 있도록."

"예, 대장님!"

잠시 후, 수송기의 문이 열리며 야차 중대 전원이 경계 태세를 갖추며 2열로 쏟아져 나왔다.

쿠웅!

선두에는 티타늄 방패와 K-40 샷건을 장착한 화수가 전방을 살피면서 전진하고 있고, 그 뒤를 따라서 중대원들이 사주경계 형식으로 후방을 지원하고 있다.

K-40 샷건은 압축된 화약과 공기를 분사하는 형식을 가진 총기인데, 일반적인 총기와는 다르게 팔꿈치부터 손끝으로 내려오는 원통형 장갑으로 되어 있다.

총구의 직경은 55㎝로, 압축된 화약을 압축 공기와 함께 앞으로 밀어내어 가공할 만한 파괴력을 자아내는 것이 특징이다.

50㎝의 원형 탄알 집은 10발 당 한 번 재장전이 되도록 장치되어 있으며 유효사거리는 15미터 정도로 짧은 편이다.

총구의 위쪽에 덮개가 달려 있어 총신과 총열을 보호할 수 있고 동시에 백병전에서 너클로 사용할 수 있다.

그 밖에도 완전 방수와 수중 격발이 가능한 것이 가장 큰 특징이다.

K-40은 사실상 전군에서 사용하는 사람이 화수 한 명밖에 없을 정도로 특이한 무기이면서도 활용도가 낮은 화기이다.

5년 전에 대대적인 수중 토벌전을 대비하면서 만들어져 1년 동안 사용하다가 전량 무기고로 회수되어 미사용 상태에 놓여 있었다.

당시에 사용되던 탄약은 초냉각 형식과 초고온 형식, 네이탐화염 형식으로 나누어지기 때문에 꽤 폭넓은 작전 반경을 가질 수 있었다.

물론 그때 만들어진 탄환은 사용 대기 상태로 창고에 적재되어 있다가 최근에서야 야차 중대로 전량 인도되었다.

화수는 K-40의 상부에 부착되어 있는 스마트 가늠자를 통하여 전방을 살폈다.

삐비비비빅.

K-40은 현재 한국군이 가지고 있는 모든 전자 기술이 집약되어 있는데, 자동 조준 시스템과 반자동 사격 제어장치가 가장 매력적인 장치라고 할 수 있었다.

그 밖에도 날씨와 빗물 감지, 적외선 센서 등 150개가 넘는 편의 기능과 부가 기능이 장착되어 있다.

스마트 가늠자에는 GPS와 내비게이션 기능이 장착되어 있어 홀로그램을 통해 사수를 작전지역으로 안내하도록 되어 있다.

[전방에 동굴이 있습니다. 전투에 대비하십시오. 때에 따라서 백병전이 필요할 수도 있을 것으로 보입니다.]

그는 길이 30미터의 동굴 앞에 잠시 멈추어 섰다.

"정지!"

"정지! 정지!"

화수의 수신호에 따라 멈추어 선 대열이 동굴 안을 주시하기 시작했다.

"전방에 동굴이다. 저 안에 뭐가 있을지 모르니 저격수가 동굴 밖에서 나를 엄호하면서 대기한다. 나머지 인원은 내 뒤를 따를 수 있도록."

"예, 대장님!"

동굴에 들어가기 전 화수는 K—40의 총구 덮개를 씌우고 그 위에 날카로운 몬스터 블레이드를 장착시켰다.

철컥!

레서 드레곤의 뼈로 만들어진 몬스터 블레이드는 화수를 백병전에서 좀 더 나은 고지에 데려다 줄 수단이다.

그는 몬스터 블레이드에 건곤대나이의 심결을 불어넣었다.

스스스스스!

몬스터 블레이드는 화수의 진기가 주입되자마자 검신이 붉게 물들더니 이내 시뻘건 화염을 토해내기 시작했다.

화르르르륵!

—불쇼, 멋지십니다.

"고맙군."

—전방 5미터 앞에 바위처럼 보이는 물건이 있습니다. 아무래도 의심스러우니 경계 사격을 하겠습니다.

"입감."

김태하 중사는 예광탄으로 바위처럼 보이는 물건에 사격을 가했다.

피융!

—끄이에에에에엑!

"몬스터다!"

"전 부대, 전투 준비!"

지금 갑자기 동굴 밖으로 전부 다 뛰쳐나갔다간 놈의 좋은 먹잇감이 되기에 충분했다.

화수는 눈을 비롯한 모든 감각기관이 없는 식양을 향해 일격을 가했다.

"건곤일식!"

슈웅, 콰앙!

—끼엑!

바위의 형태를 취하고 있던 식양은 마치 파도의 형태로 화수를 향해 달려오다가 건곤일식의 일격을 맞고 뒤로 한 발자국 물러났다.

식양은 몬스터 코어가 없는 아주 특이한 형태를 가지고 있는데, 이것이 바로 식양이 세상에서 가장 까다로운 몬스터로 알려진 이유였다.

놈은 일정한 형태나 크기를 가지고 있지 않아 전투력 측정이 불가능하고 코어를 가지고 있지 않기 때문에 일반적인 방법으로는 제압할 수가 없었다.

다만 식양은 중심부에 전기 충격을 가하면 응축되었던 세력권이 흩어지면서 아주 작은 알갱이로 쪼개지는 특성을 가지고 있다.

"김 중사, 플라즈마 탄환을 장전할 수 있도록!"

—예, 대장님!

오로지 K—88 저격총에만 적용이 가능한 플라즈마 탄환은 식양을 제압하기 위하여 특별이 제작되었다.

식양의 중심부로 14㎜의 플라즈마 탄환을 찔러 넣으면 탄환이 2차 폭발로 스파크를 일으키게 된다.

철컥, 피융!

화수는 왼손에 들고 있던 방패에 진기를 불어넣고 몬스터 블레이드와 함께 놈의 몸통을 관통시켜 길을 열어주었다.

퍼억!

—끄기기기기긱!

요상한 울음소리를 내며 화수와 마주 서 있던 놈의 몸속으로 플라즈마 탄이 안정적으로 들어갔다.

퍼억!

치지지지지지직!

—끄에에에에엑!

식양의 몸통이 산산조각 나면서 아주 작은 폭발을 일으켰다.

쿵!

화수는 방패로 그 폭발을 막아내는 한편, 놈에게서 또 다른 생체 징후가 있는지 관측했다.

다행히도 단 일격에 제압했기 때문에 더 이상의 전투가 벌어질 위험은 없을 것으로 보였다.

"십년감수했군. 이놈, 여기서 매복하고 있다가 우리를 잡아먹을 공산이었던 모양이군."

"이런 놈들이 도처에 널려 있으니 오크나 고블린이 늘어난 것도 이해가 됩니다."

"그나저나 큰일이군. 이 정도의 식양이 50마리만 있어도 조사단의 생사는 장담할 수가 없어."

"그렇다면 한마디로 지금쯤 그들은 시체가 되어도 벌써 되었다는 말이군요?"

"그런 셈이지."

화수의 입장에서는 더 이상 전진하지 않는 것이 여러모로 건강에 이롭겠으나, 임무를 완수하자면 여기서 멈출 수는 없었다.

"우리가 뚫어놓은 길목으로 중국군 특수부대가 들어올 것이다. 아마 일정한 거리가 확보된다면 저격수나 유탄수 등의 지원을 받을 수 있겠지."

"그나마 좀 위안이 되는군요."

"뭐, 그렇다고 해도 길을 뚫는데 이미 위협에 노출될 테니 큰 기대는 하지 말자고."

그는 계속해서 야차 중대를 이끌고 전진을 거듭했다.

* * *

중국 허페이성에서 식양이 관측되었을 무렵, 러시아 레나강 중류에선 침엽수림 지역에 거대한 정글 지대가 조성되는 이상 현상이 벌어졌다.

초겨울에도 강의 중류로 배를 띄우는 것이 불가능할 정도로 얼음이 두껍게 어는 레나강 유역에 정글 지대가 생긴다는 것은 말도 안 되는 일이었다.

러시아 지상군은 이곳에 조사단을 파견하였지만 정글 지대 조성에 대한 진상을 규명하는 데엔 실패하였다.

다만 정글 지대 중앙에 우뚝 솟아난 거목이 사건을 조장한 원인으로 지목되고 있었다.

러시아 국립 산림 조사단 소속 나탈리아 노비코바 박사는 정글 지대를 가득 채우고 있는 녹음에서 특이한 점들을 발견하였다.

그녀는 이 정글 지대의 식물들이 지구상에선 절대로 찾아볼 수 없는 종들임을 밝혀냈다.

지구상의 그 어떤 학자들도 분류할 수 없는 종의 나무들이 즐비하였고, 심지어 나무가 살아서 움직이는 경우도 있었다.

그러니까 이 정글 지대는 거대한 몬스터의 군집이라고 볼 수 있다는 것이 그녀의 견해였다.

러시아 중앙정부 비상 대책 위원회가 소집되어 있는 사하 공화국의 빌류이스크 군사기지에 나탈리아 노비코바가 초청되었다.

그녀는 지금까지 자신이 수집한 샘플을 촬영한 영상을 공개하였다.

"보시는 바와 같이 정글 지대 안에 있는 샘플은 두 분류로 나눌 수 있습니다. 하나는 움직이는 식물과 움직이지 않는 식물, 이렇게 나눌 수 있겠습니다."

"움직이는 식물이라… 아주 특이한 경우라고 볼 수 있겠군요."

"지금까지 우리가 본 움직이는 식물이라고 한다면 기껏해야 미모사나 식충식물이 전부였습니다만, 이번 경우에는 조금 다릅니다. 이들은 일정한 지능을 가지고 있는 것으로 보입니다."

순간, 장내가 술렁이기 시작했다.

웅성웅성!

"이보시오, 박사 양반. 지금 그게 말이 된다고 생각하시오? 어떻게 식물이 지능을 가질 수 있단 말이오?"

"믿기 힘들겠지만 사실입니다. 저희 조사단이 정글 안으로 들어가 길을 잃었을 때, 움직이는 거목들이 저희들을 입구까지 데려다 주었습니다."

"…뭐, 뭐요?"

"동화에나 나올 법한 얘기입니다만 사실입니다. 이 정글에는 손톱만 한 식물부터 아름드리나무까지 모든 식물이 살아서 움직이고 있었습니다."

"허, 허어! 그런 말도 안 되는 일이……!"

"그렇습니다. 아마도 쉽사리 믿기 힘든 일이라고 생각합니다. 그래서 저희들은 영상을 촬영하여 가지고 왔습니다."

그녀는 자신이 연구원들과 함께 촬영한 영상을 재생시켰다.

그러자 놀라운 광경이 펼쳐졌다.

—쿠오오오오오!

영상 안에는 사람의 형상과 비슷한 모습을 한 나무들이 아주 천천히 움직이며 군집을 이룬 모습이 잡혀 있었다.

또한 그들은 카메라로 자신들을 촬영하는 조사단을 신기한

듯 바라보며 서로 대화까지 나누는 것 같았다.

심지어 개중에는 그녀에게 말을 거는 나무도 있었다.

—$%^#$&&!#$^.

"…뭐, 뭐라고 하는 겁니까?"

"저도 자세한 것은 잘 모르겠습니다. 일정한 패턴이 있는 것으로 보아 호기심에 말을 거는 것이라고밖에 설명할 수가 없군요."

"이 사실을 또 누가 알고 있습니까?"

"우리의 중앙정부와 군부의 수뇌부 일부만 알고 있습니다."

"이것 참, 살다 보니 별의별 일이 다 일어나는군."

비상 대책 위원회는 이들을 과연 어떻게 할 것인지에 대해 논의했다.

"이 숲을 밀어버리는 것이 옳을지, 아니면 그냥 이대로 놓아 두는 것이 좋을지 모르겠군요."

"확실한 것은 이 숲이 버티고 있음으로 인해 주변 생태계는 반드시 변할 겁니다. 물론 그것이 주변에 어떤 작용을 할지는 알 수가 없습니다. 긍정적으로 변할지, 아니면 부정적으로 변할지는 아무도 모른다는 것이죠."

"하지만 외국의 사례들을 보면 외래종이 토종 생태계를 파괴하는 경우가 꽤 많습니다. 생태계는 무언가 인공적인 개입이 발생했을 때 생각보다 쉽게 무너지는 경향이 있지요."

"으음, 그렇다면 숲을 대대적으로 벌목하고 다시 침엽수림을 유지하는 것이 좋겠군요."

나탈리아는 숲을 파괴하자는 대다수의 의견에 정면으로 대립하고 나섰다.

"그건 안 됩니다. 저들이 우리에게 우호적이라면 레나강 유역의 몬스터들을 억제하는 효과가 있을 겁니다. 실제로 저희들이 본 바에 의하면 그들은 인간에게 위협적으로 구는 몬스터들을 제거하고 있었습니다. 숲을 밀어버린다면 든든한 우방을 잃는 것이나 마찬가지일 겁니다."

"만약 그게 아니라면? 그게 아니라면 어쩔 겁니까?"

"…그러니 시간을 주어야지요. 그들이 우리에게 어떻게 다가오는지 지켜보면서 우방인지 적인지를 구별해야 합니다."

"상당히 이상적인 애기입니다만, 그럴 가능성은 별로 없다고 봅니다. 우리가 처음 S—11을 관측했을 때 어땠습니까? 심각한 지구 온난화를 바로잡아 줄 최고의 우방으로 생각했습니다. 하지만 지금은 어떻게 변했지요? 그놈은 우리의 생태계를 파괴한 것으로 모자라 인간의 생활 터전까지 쑥대밭으로 만들었습니다."

나탈리나는 고개를 가로저었다.

"사실 그건 일부 학자들에 의해 전파된 낭설일 뿐입니다. 실제로 S—11에 접근한 한국의 강화수 중령 이외엔 그 어떤 누구도 S—11에게 직접적으로 피해를 입은 적이 없습니다."

"…뭡니까? 당신 지금 S—11을 옹호하는 겁니까? 당신도 제레인지 뭔지 하는 놈들과 한패인 겁니까?"

"저는 사실만을 말하는 겁니다. 최근에 인도네시아에서 발견된 A—11 역시 인간에게 직접적인 피해를 준 적이 없습니다. 다만 놈들이 나타난 이후에 몬스터들이 증식하기 시작했다는 이유만으로 환경 파괴의 주범으로 몰고 있을 뿐이죠."

"하하, 정신이 나간 여자로군! 지금 몬스터들의 우두머리를 우리의 우방이라고 설명하는 겁니까?"

"우리는 지금까지 그 둘을 환경 파괴의 주범으로 몰고 있을 뿐 다른 원인은 찾으려 하지도 않았습니다. 이게 지금 얼마나 심각한 문제인지 알고는 계신 겁니까?"

비상 대책 위원회는 급기야 그녀를 끌어 내리려고 한다.

"안 되겠군. 저 여자를 끌어 내게."

"예!"

"자, 잠깐만요! 아직 제 얘기 안 끝났어요!"

"됐습니다. 당신을 지금 당장 직위 해제시키고 조사단장에서 해임하겠습니다."

"좋아요! 제가 조사단에서 나가겠습니다! 하지만 벌목은 안 됩니다! 그래선 안 되는 겁니다!"

"옳고 그름은 우리가 판단합니다. 나가세요."

"안 됩니다!"

그녀는 병사들의 손에 이끌려 비상 대책 위원회에서 쫓겨나고 말았다. 하지만 그녀는 여기에서 포기할 수가 없었다.

"…그들은 인간의 친구야. 이대로 가만히 있을 수는 없어."

그녀는 짐을 꾸려 레나강 중류로 향했다.

* * *

러시아 중앙정부에선 현재 레나강 중류에 위치한 미확인 정글에 대하여 대대적인 벌목을 진행할 것을 밝혔다.

그 벌목업자로 선정된 러시아의 55개 업체들은 불도저와 벌목 장비들을 동원하여 레나강 중부로 모여들었다.

드드르르르륵!

거대한 전기톱이 달린 벌목 장비들이 무려 150대나 동원되어 숲을 밀어버리기 위해 전진했다.

하지만 그 앞을 막아선 사람들이 있었으니, 그들은 바로 그린피스에서 나온 시위대였다.

"숲을 파괴하는 것은 지구를 병들게 하는 짓입니다! 이들을 보호해 주세요!"

"보호하라! 보호하라!"

벌목업자들은 고개를 좌우로 가로저었다.

"한심한 종자들 같으니, 이 숲에 뭐가 있는 줄도 모르고 시위를 벌이는 건가? 어이, 다들 미쳤어?! 몬스터들에게 잡아먹혀 봐야 정신을 차리지?!"

"정신이 나간 사람은 당신들입니다! 멀쩡한 숲을 밀어버리겠다니, 그게 무슨 말도 안 되는 소리입니까?!"

"역시 말로 해선 안 되겠군."

벌목업자들 뒤에 서 있던 러시아 마피아들이 흉기를 들고 나타났다.

깡깡!

바닥을 쇠파이프로 두드리며 시위대 앞을 막아선 그들은 심드렁한 표정으로 말했다.

"경고하겠는데, 우리는 사람을 그냥 죽이지 않아. 다들 평생 병신으로 살 각오는 되어 있겠지?"

"흥! 그런다고 우리가 물러설 것 같아요?!"

"크큭, 물러서지 않는다고 달라질 것은 없다. 쳐라!"

"와아아아아!"

러시아 마피아들은 시위대를 무자비하게 폭행하기 시작했다.

퍽퍽퍽퍽!

"꺄아아아악!"

"쿨럭쿨럭!"

"이봐요, 여자는 건드리지 맙시다! 이러는 법이 어디 있습니까?!"

"이런 씨발! 여자는 사람 아니야? 죄를 지었으면 처맞는 것이 당연지사지!"

남녀를 불문하고 무작정 쥐어 패고 보는 마피아들의 잔악함은 이루 말로 형용하기 힘들 정도였다.

그렇게 구타가 얼마쯤 지속되었을까? 정글 앞을 가득 채우고 있던 그린피스 시위대가 피투성이가 되어 쓰러져 버렸다.

"하아, 하아, 당신들은 악마입니다!"

"하하! 우리는 악마다! 너희들은 그런 악마의 뿔을 잡아당긴 것이다! 알고 있나?!"

바로 그때, 숲에서 반짝거리는 물체들이 마구 쏟아져 나오기 시작했다.

스르르릉!

쐐에에에에에엥!

"뭐, 뭐야?!"

"이런 씨발! 몬스터 아니야?!"

반짝거리는 물체들은 은은한 은빛 가루를 흩날리고 있었는데, 그들은 바닥에 피를 흘린 채 쓰러져 있는 사람들의 어깨 위에 내려앉았다.

—꺄르르르르르!

마치 아이들의 웃음소리처럼 싱그러운 소리가 들려오더니 이내 상처를 입은 사람들에게 은빛 오오라가 내려왔다.

우우우웅!

그 오오라는 상처를 입은 사람들을 치유하기 시작하였고, 불과 몇 분도 지나지 않아 바닥에 납작 엎드려 있던 환자들이 멀쩡히 서서 걸어 다녔다.

"어, 어라?! 몸이 움직인다!"

"봐라! 이들이 어째서 우리의 적이라는 것이냐?! 너희들은 미쳤다! 우방과 적도 구분하지 못하다니, 너희들은 머저리다!"

마피아들은 이 은색 나비들이 사람을 치료해 주는 것을 보며 잠시 주춤거렸다.

"이, 이런 빌어먹을……."

"보스, 어쩝니까? 저놈들은 우리의 적이 아닌 것 같은데요?"

"…세상에 그런 것이 어디 있어? 우리는 돈이 시키는 대로 움직인다! 우리의 돈벌이를 방해하는 것은 전부 다 적이다! 쓸어버려!"

"예, 보스!"

마피아들은 또다시 방망이를 휘두르기 시작했다.

붕붕붕!

"꺄아아악! 또 시작이다!"

"이봐요! 누군가 경찰을 좀 불러줘요! 이러다가 정말 우리가 죽겠어요!"

그들은 시위대에게 방망이를 휘두르는 것으로도 모자라 은색 나비들까지 공격하기 시작했다.

"죽어라!"

퍼억!

—꺄아아아아악!

순간, 은색으로 빛나던 나비들의 몸이 붉은빛으로 물들더니 이내 괴기한 소리를 내기 시작했다.

—끄아아아아아아!

"허, 허억! 이게 뭐야?!"

"…보스, 아무래도 뭔가 잘못 건드린 것 같지 않습니까?"

"그, 그러게 말이야."

잠시 후, 붉은 나비들 주변으로 핏빛 번개가 떨어져 내리기 시작했다.

쾅쾅쾅!

그 번개들은 나비들을 공격한 마피아들을 흔적도 없이 가루로 만들어 버렸고, 흥분한 나비들은 더 나아가 벌목업자들까지 마구 공격하기 시작했다.

번쩍, 콰앙!

빠지지지직!

"크허어어억!"

"사, 사람 살려!"

순식간에 살육의 현장으로 변해 버린 정글 입구로 거대한 나비의 등에 올라탄 한 여인이 등장했다.

"안 됩니다! 그만두세요! 이러면 저들에게 공격의 빌미를 제공하는 것밖엔 안 돼요!"

거대한 나비의 등에 올라탄 여자는 놀랍게도 이곳을 처음 조사한 나탈리아였다.

나탈리아의 등장에 나비들이 공격을 멈추고 다시 숲속으로 돌아가기 시작했다.

그녀는 시위대에게 나비들이 사람을 공격한 것 말고 자신들을 치료한 것만 기억하도록 열변을 토했다.

"저들은 머저리입니다! 돈에 눈이 멀어 진정한 우방과 적을 구분할 줄 모르는 바보들이죠! 저런 미친놈들이 설치기 전에 우리가 막아야 합니다! 숲의 친구들에게 도움을 받은 것만 SNS에 올리세요! 그리고 저놈들은 지들끼리 싸우다가 불에 타 죽은 겁니다!"

"맞습니다! 그게 옳습니다!"

"옳소!"

피로 물든 시위의 현장은 옳고 그름을 판단하기 힘든 광휘가 모두를 장악해 나가기 시작했다.

* * *

늦은 밤, 화수는 드디어 목표한 첫 번째 체크포인트에 도착했다.

그는 전술 비행기를 체크포인트로 옮기고 강철로 만들어진 임시 막사에서 하루를 보내기로 했다.

야전에서의 취침은 대부분 텐트로 해결하지만 몬스터를 수렵하는 부대들, 특히나 고 위험 지역에서 활동하는 야차 중대는 텐트 대신 티타늄 합금으로 만들어진 가건물을 사용한다.

이 가건물은 전술 비행기에 있는 몬스터 코어 발전기에서 전력을 끌어와 냉, 난방이 가능하도록 되어 있다.

사람 한 명이 간신히 들어가는 협소한 공간이지만 화장실과 샤워 부스까지 갖추고 있어 야전에서 지내는 데 비교적 편안한 환경이라고 할 수 있다.

설치와 철거에 불과 10분밖에 걸리지 않는 임시 막사는 유난히도 기동이 잦은 야차 중대에겐 안성맞춤이었다.

화수는 다닥다닥 붙어 있는 스마트 케어 침낭 앞에 디지털 지도를 놓고 간이 상황실을 만들었다.

그는 전투복을 그대로 입은 채 스마트 케어 침낭에 들어간 부대원들에게 내일 새벽의 일정에 대해 설명했다.

"명일의 작전은 인명 수색으로 진행된다. 몬스터들을 사냥하면서 주변 환경을 파악하는 것도 중요하지만 산 사람들이 있는지 없는지 수색하는 것도 그에 못지않다."

"하지만 대장님, 백리협곡은 40㎞가 넘습니다. 차로 달려도 한 시간 안에 빠져나갈 수 있을지 장담할 수 없다는 소리입니다. 그런데 수색이 가능하겠습니까? 그들이 가지고 간 스마트 장비도 응답이 없다고 하던데 말입니다."

"그래, 어쩌면 불가능할 수도 있다. 하지만 우리는 그들이 어떻게 사라졌는지, 정확하겐 왜 죽었는지까지 파악해야 한다. 그래야 이번 사건을 온전히 해결할 수 있어."

"흐음."

"아무튼 오늘은 짧게나마 푹 쉬고 내일 다시 움직인다."

"예, 대장님."

스마트 케어 침낭은 항균, 탈취, 가벼운 세탁 기능까지 갖추고 있어서 전투복을 그대로 입고 자도 몇 시간이면 비교적 깔끔한 상태가 된다.

화수는 자신의 스마트 케어 침낭에 들어가 자동 세탁 기능이 작동되도록 지정해 놓고 스마트 지도를 가만히 바라보았다.

'작전이 쉽지 않겠군. 이렇게 앞뒤가 꽉 막혀선 시계 확보도 쉽지 않아. 그런데 어떻게 인명 수색을 한담.'

중대장으로서 대원들을 이끄는 것은 항상 이런 고심과 고뇌가 끝도 없이 반복되는 괴로운 일이다.

하지만 그를 믿고 의지하는 사람들을 살려서 고국으로 데리고 가는 것은 이 고뇌에서 나온다.

화수는 이런 고뇌를 죽기 직전까지 반복하여 자신이 사랑하는 사람들을 지켜나갈 것이다.

깊은 고민에 빠져 있던 화수에게 최지하가 다가왔다.

"대장, 무슨 고민이 그렇게 많아?"

"이 작전, 쉽지 않겠어."

"알아. 우리 작전이 언제 쉬운 적이 있던가?"

그녀는 화수의 어깨를 주물러 주며 말했다.

"긴장 풀어. 대장이 우리의 방패인데 이렇게 잠도 못 자서 쓰겠어?"

"후후, 고맙군."

최지하는 사람을 다루는 근본적인 방법을 아는 사람이다.

그녀가 귀여워하는 강하나 역시 부대에 적응시키기 위해 일부러 더 살을 부대끼려 노력하고 있는 것이다.

물론 그녀가 귀여운 것을 좋아하긴 하지만 여자에게 이런 관심을 보이는 것은 그리 흔한 일이 아니다.

얼마 전에 죽일 듯이 싸운 김예린 역시 그녀를 믿고 의지하는 것을 보면 최지하는 뭔가 대단한 매력을 가지고 있는 것이 분명했다.

어쩌면 화수 역시 그녀에게 조금은 기대고 있다고 볼 수 있었다.

극심한 스트레스에 시달리고 있는 화수에게 황문식 상사의 걸걸한 웃음소리가 들려왔다.

"하하, 이봐, 들! 내가 뭘 잡아왔는지 봐봐!"

"어라? 그게 뭐야? 물고기 아니야?"

"운이 좋게도 인근 계곡에 물고기가 살더라고. 이게 바로 중국산 메기인데, 그럭저럭 먹을 만해."

"황 상사, 매일 강가에 죽치고 앉아 세월만 낚는 줄 알았더니 이런 재주가 다 있었군?"

"후후, 내가 원래 좀 해!"

황문식은 정은우 하사에게 사람 허벅지만 한 메기를 툭 하고 던져주었다.

"정 하사, 오랜만에 칼 솜씨 좀 볼까?"

"후후, 이럴 줄 알고 제가 라면을 챙겨왔지요!"

"오오, 라면!"

"오늘 밤참은 메기 라면이다!"

최지하는 오늘도 힘이 넘치는 야차 중대를 바라보며 화수에게 말했다.

"봤지? 대장이 그렇게 머리를 싸매지 않아도 충분하다고."

"그래, 그런 것 같군."

화수는 자리에서 일어나 부하들과 함께 밤참을 즐겼다.

*　　*　　*

이른 새벽, 야차 중대가 작전지역 1/3쯤에 당도하였다.

강하나는 무전기를 이용하여 후방 5㎞ 밖에서 주둔하고 있는 중국의 특수부대에게 연락을 취했다.

“여기는 야차, 여포 나와라.”

—여기는 여포.

“작전지역 베타 지점에 도착했다.”

—수고 많았다. 특이 사항은 없었나?

“식양이 꽤 많이 서식하고 있어 생존자 수색에 난항을 겪었다.”

—식양이라…….

“아무래도 생존자를 발견할 확률은 희박할 수도 있겠다.”

—어차피 기대는 안 했다. 야차가 무사히 생환할 수 있도록 최선을 다하라.

“알겠다.”

강하나가 무전을 끝내자 야차 중대가 다시 진군을 시작했다.

“다음 지역은 시에라 2지역이다. 알고 있겠지만 시에라 2는 유난히도 안개가 많이 낀다. 시계 확보가 어려우니 전술차량을 타고 이동한다."

"만약 좁은 동굴 같은 것을 만나면 어떻게 합니까?"

"우회한다. 지금은 안전을 보장받지 못한 상황에서의 행동은 최대한 자제해야 한다."

"예, 알겠습니다."

수륙양용 전술궤도차량에 탑승한 야차 중대는 협곡을 따라 천천히 이동하기 시작했다.

드르르르르르륵!

황문식은 레이더와 GPS에 의지하여 차를 몰아나가는 중이다.

"아무래도 눈으로 보는 것은 불가능할 것 같습니다. 당분간은 GPS에 의지하겠습니다."

"그래, 그게 옳은 방법이지."

황문식과 화수가 전술차량을 몰고 있을 때, 정은우 하사와 김태양 중사는 135㎜ 박격포 레일에 앉아 적외선 가늠자와 신형 조준 감사기로 전방을 주시하고 있다.

"대장님, 전방에 GPS에 표기되지 않은 고봉이 보입니다."

"고봉?"

화수는 자신의 시야를 투시 능력으로 전환시켜 주변을 살폈다.

스스스스스스.

그는 정은우 하사의 말처럼 정말로 주변에 작은 산처럼 보이는 고봉이 있는 것을 알 수 있었다.

"저건 또 뭐야? 저것도 식양인가?"

"만약 저게 식양이라면 세력권이 상당히 클 것으로 보입니다."

"저 정도 세력권이면 거의 해일 수준이겠는데요?"

화수는 저런 고분이 하나가 아닐 것이라고 추측했다.

"얼마 전에 위성사진으로 나온 토사는 거의 산사태 수준이었다. 지금쯤이면 해일처럼 들이쳐도 이상할 것이 전혀 없지."

만약 저런 고분이 몇 개 더 있다면 인원 수색은 아예 불가능할 것으로 보였다.

"대장님, 일단 이곳에서 빠져나가는 것이 좋겠습니다. 아무리 우리의 장비가 좋아도 저 정도의 세력권을 뚫고 갈 수 있는 능력은 안 됩니다."

"그래, 일단 후방 지휘소와 합류해서 다시 작전을 짜는 것이 좋겠군."

생각지도 못한 엄청난 난관에 부딪친 화수는 전술차량을 다시 되돌려 중국군 후방 지휘소로 향했다.

끼릭, 끼릭!

전술차량을 다시 되돌려 베이스캠프로 돌아가려던 화수는

아주 잔잔한 진동을 느꼈다.

쿠궁.

"대, 대장님도 느끼셨습니까?"

"그래, 황 상사. 나도 느꼈다.

"이 진동, 아무래도 심상치 않은데요?"

"…속력을 내자. 한시라도 빨리 이곳을 벗어나는 거다."

"예!"

부아아아아앙!

궤도전술차량이 최고 시속으로 내달림과 동시에 주변이 울렁거리며 거대한 진동을 일으켰다.

쿠우우웅!

"지, 지진?!"

"아니다! 식양이 일어나는 거야!"

"허, 허억! 이렇게 엄청난 세력이라니! 도대체 뭐가 어떻게 된 것인지 모르겠군요!"

잠시 후, 궤도차량 아래에 깔려 있던 흙이 전부 하나의 점을 향해 끌려가기 시작했다.

촤라라라락!

"식양이 세력권을 넓힙니다! 아무래도 아까 본 그 고봉들이 하나로 합쳐지는 것 같습니다!"

"저놈들, 몸을 합쳐서 세력을 통합하기라도 하는 건가?!"

"아무래도 그렇게밖에 설명할 수 없겠습니다!"

"젠장!"

서서히 한 점으로 모여들던 식양은 점점 더 빠르게 하나의 산을 만들어가더니 이내 주변의 공기마저 빨아들이기 시작했다.

슈가가가각!

"대장님, 이대론 궤도차량이 빨려들어 갑니다!"

"비상 와이어를 발사해!"

황문식 상사는 궤도차량이 물건이나 고장 난 차를 운반하기 위해 설치한 비상 와이어를 사출하여 기암절벽에 박아 넣었다.

휘리리릭, 콰앙!

"명중입니다! 이제 와이어를 되감겠습니다!"

끼릭, 끼릭!

와이어가 감기면서 서서히 궤도차량이 절벽에 안착하였다.

"휴우, 한시름 덜었습니다!"

"죽을 뻔했군."

중대원들이 가슴을 쓸어내릴 때 후방에서 무전이 날아들었다.

―대장님, 베이스캠프입니다! 지금 전술기를 띄워 그곳으로 가겠습니다!

"아니다. 베이스캠프는 후방 지휘소로 후퇴한다. 괜히 장비만 손상될 뿐이니 지금 당장 이동할 수 있도록."

—하, 하지만……!

"우리는 괜찮다. 괜히 더 이상의 인명 피해를 만들지 마라."

—예, 알겠습니다. 그럼 바람이 멎고 나면 다시 날아오겠습니다.

"고맙다."

비행기까지 안전 지역으로 보냈으니 이제 화수와 야차 중대원들은 고봉에서 무슨 일이 일어나는지 관찰하기로 했다.

여전히 거친 바람이 이는 협곡의 풍경은 마치 태풍의 날개를 보는 것 같은 착각이 들었다.

만약 궤도전술차량이 전부 방탄유리에 특수 재질로 되어 있지 않았다면 지금쯤 화수는 저세상 사람이 되었을 것이다.

"이건 좀 심한데? 지금까지 이런 일을 겪어본 적이 한 번도 없잖아?"

"그러게 말입니다."

잠시 후, 점점 더 높아지던 고봉이 세력권 확장을 그만 멈추었다.

팟!

"끄, 끝인가?"

"…쉿! 잠시만 조용히!"

세력권 확장을 끝낸 고봉은 서서히 검은색 암벽의 형태로 굳어지더니 이내 하나의 형상으로 만들어져 나갔다.

끄그그그그극!

그리고 마침내 그 형상이 완성되어 윤기가 나는 검은색 털에 네 발 달린 짐승으로 변했다.

—크르르릉, 크아아아앙!

무려 높이가 80미터에 이르는 거대한 이 짐승은 35개의 뿔을 가지고 있었다.

"이, 이런 씨발!"

"저건 또 뭐야?!"

"일단 뒤로 후퇴한다! 최대한 빨리 이곳을 벗어나자!"

부아아아앙!

화수와 야차 중대를 태운 전술차량은 전속력으로 협곡을 내달리기 시작했다.

*　　　*　　　*

뉴욕 브룩클린 앞바다에 한 중년이 낚싯대를 드리우고 있다.

쇄아!

잔잔하게 불어오던 바람이 이내 격해지자 그는 슬그머니 미소를 지었다.

"후후, 드디어 이 땅에 혼돈이 도래하는가?"

바로 그때, 그의 핸드폰이 울린다.

지이이잉!

핸드폰에 이런 메시지가 출력됐다.

혼돈이 깨어났습니다.

그는 낚싯대를 바다에 버린 후 뒤에 있는 차량에 몸을 실었다.

"가자. 이제 우리가 움직일 때다."

"예, 회장님."

사내를 태운 은색 리무진이 미끄러지듯 달려 점점 해안가에서부터 사라져 간다.

『현대 천마록』 4권에 계속…